아무도 모르고 누구나 다 아는 것

아무도 모르고 누구나 다 아는 것

초판 1쇄 발행 2020년 6월 27일

지은이 박천권 **펴낸곳** 크레파스북 **펴낸이** 장미옥

기획 · 정리 김태희 **디자인** 디자인크레파스

출판등록 2017년 8월 23일 제2017-000292호
주소 서울시 마포구 성지길 25-11 오구빌딩 3층
전화 02-701-0633 **팩스** 02-717-2285 **이메일** crepas_book@naver.com
인스타그램 www.instagram.com/crepas_book
페이스북 www.facebook.com/crepasbook
네이버포스트 post.naver.com/crepas_book

ISBN 979-11-89586-14-0 (03810) 정가 14,000원
© 박천권, 2020

이 도서의 국립중앙도서관 출판예정도서목록(CIP)은 서지정보유통지원시스템 홈페이지(http://seoji.nl.go.kr)와 국가자료
종합목록 구축시스템(http://kolis-net.nl.go.kr)에서 이용하실 수 있습니다. (CIP제어번호 : CIP2020024170)

아무도 모르고
누구나 다 아는 것

박 천 권 지음

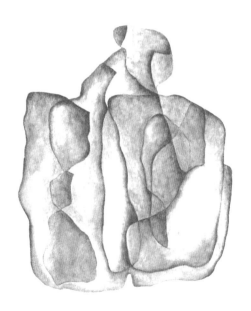

크레파스북

나를 밀쳐낸 세상이지만
마음 잘 쓰는 법을 연마하여 꿈꿔야 할 날들

우리에겐
더 나은 세상을 살아야 할
권리가 있다

　세상은 오늘도 아무 일 없이 돌아간다. 수많은 사건사고들이 물밀 듯 뉴스 지면을 도배하고, 흉흉한 소문과 뒤숭숭한 이야기들이 사람들의 입에 오르내리지만 그다지 크게 변하는 것은 없다.

　얼마 전 동네가 떠들썩하도록 풍선 인형을 세우고 개업 기념 이벤트를 했던 자전거 점포가 얼마 채 지나지 않아 문을 닫고, 새로운 장어집이 또 개업을 해도 '그런가 보다' 생각하는 것이 일반적이다. 피를 나눈 자식과 부모도 서로의 개인적인 역사를 다 알 수 없는 것인데 어떤 누가 자신의 삶과는 별 상관도 없는 타인의 역사를 들여다봐 줄 것인가.

하지만 상식이 통하는 사회의 출발은 바로 여기서부터 출발한다는 것을 우리는 간과해서는 안 된다. 개개인의 역사가 모여 사회를 이루듯 그들의 이야기에 귀 기울이는 자세가 소통하는 사회를 만들고, 변화하는 사회를 만드는 첫출발점이다. 그 속에서 우리는 더 나은 삶으로 나아가는 기회를 찾는다.

창과 방패라는 뜻의 '모순'. 순리대로 살아갈 수 있다면 이 말이 왜 세상에 나왔겠는가. 말이나 행동의 앞뒤가 다를 때 그것을 지칭하는 단어일 뿐이지만, 그 말 속에는 애간장을 끊는 칼이 들어 있고, 죽음으로 몰아가는 독이 들어 있다. 만약 이러한 것이 사회를 움직이는 시스템 속에 녹아들어 있다면 어떠할까. 혹은 자신에게 유리하도록 때론 창으로 들이밀고, 방패로 막으며 법을 제 입맛에 맞도록 주무름으로써 앞뒤가 맞지 않는 횡포를 부리면 어떠할까.

그것이 적자생존의 세상이고, 한치 앞도 내다볼 수 없는 세상이니 그저 함묵하며 그 현실마저도 달갑게 생각하고 삼켜버리라고 한다면 우리는 더 이상 앞으로 나아갈 수 없을 것이다.

나는 죄를 짓지 않고도 억울한 누명을 쓴 채 수감생활을 해야 했고, 나에게 누명을 씌운 자의 양심 고백을 듣고도 일자리를 잃었으며, 평생 쌓아온 명예와 경제권을 잃었음에도 손가락질을 당해야 했다. 이것이 세상이라면 그 누가 살아가고 싶은 세상일 수 있겠는가.

나는 누구를 탓하고자 이 글을 쓴 것이 아니다. 몸과 마음 모두가 피폐해져 버린 나 자신과 지금 이 시각에도 나와 같이 억울한 마음을 움켜쥔 채 살아가고 있는 수많은 사람들을 위로하고 싶었을 뿐이다. 그리고 더 나은 삶을 위해 지난 잘못을 인정하고 바로 서기 위해 용기를 내고 있는 사람들에게도 얼마나 값진 일을 하고 있는지 힘을 북 돋아주고 싶었을 뿐이다.

중요한 것은 우린 아직 살아갈 날이 많고, 더 좋은 세상을 살아야 할 권리가 있으며, 그것은 죄가 아니다. 그러므로 나는, 아니 우리는 당당해져야 한다.

끝으로 이 고행을 통해 세상에 다시 태어날 수 있음에 감사하며, 그 모든 과정을 지켜보며 언제나 믿음을 주시고, 따뜻한 격려와 가르침을 주신 나의 영원한 스승 O산님, O타원님께 감사의 말씀을 전한다.

2020. 6

박 천 권

정산 종사 말씀하시기를

*
*
*

성인들은 현재의 작은 이익을 취하지 않고
오히려 해를 입어 가면서 영원무궁한 참 이익을 얻으시나,
범부들은 작은 이익을 구하다가 죄를 범하여 도리어 해를 얻나니,
참된 이익은 오직 정의에 입각하고 대의에 맞아야 얻어지느니라.

정산종사법어 무본편 39장

목차

함
정

꿈틀거리는
이유

길다. 굵다. 붉다.

환절의 모습을 한 지렁이가 온 힘을 다해 똬리를 틀고 있다.

녀석은 한눈에 보아도 고통스러워 보인다.

죽음 앞에 자신의 고통을 조금이라도 상쇄시켜보려는 듯

온몸을 둥글게 만다.

비가 몹시 내렸나 보다.

걷는 내내 공기의 층마다 남아 있는 비 냄새가

코끝에 걸린다.

그런데도 내 머리 위의 하늘은 무슨 일이라도 있었냐는 듯

제멋대로 딴청이다.

푸른빛인가, 흰 빛인가, 혹은 금빛인가?

구분조차 불가할 정도로 모든 것이 뒤섞여 있다.

숨이 가빠갈수록 들숨에 섞여 들어오는 어제의 비 냄새가

내 안으로 들어와 세포를 깨운다.

하지만 그런 이 순간에도

'그래서, 뭐. 어쩌라고?' 코웃음을 친다.

나는 곳곳에서 증거를 모으기 시작한다. 그렇지. 저기 그늘 진 곳의 꽃은 아직 마르지도 않았네. 쓰레기통에 버려진 캔에는 물이 고여 있어. 전단지의 저 눅눅함을 봐. 시선이 닿는 곳마다 차고 넘치는 증거들을 하나 둘 거두어들인다. 그런데도 아무 일 없었다는 듯 유유히 흐르는 공원의 풍광들은 보통 평범한 날들과 다를 바 없다.

그렇다. 잊고 있었다. 빗속에서 울었거나, 눈길에 나자빠져 깁스를 하게 되더라도 특별한 건 개인의 일기일 뿐, 그 날들은 그저 보통의 평범한 날에 지나지 않는다는 걸.

아무도 모르게 Queen의 「We Are The Champions」 노랫
가사가 나의 고막을 두드린다.

I've paid my dues time after time

I've done my sentence But committed no crime

And bad mistakes I've made a few

I've had my share of sand kicked in my face

But I've come through

난 제 몫을 해내왔어, 시간이 될 때마다

난 죗값을 치뤘어, 하지만 범죄를 저지른 건 아니야

난 약간의 나쁜 실수들을 하기도 했지

난 내 얼굴에 스스로 모래를 뿌리기도 했지만

결국 난 이뤄냈어

And I need to go on and on and on and on

그리고 난 계속해서 나아가야 하지 쭈욱~

공원을 아홉 바퀴 째 걷고 있던 나는 나도 모르게 큰 숨을 토해낸다. 그리고는 빠르게, 함께 걷던 동료 누구라도 나의 갑갑함을 알아볼 새라 짧은 호흡을 이어 붙인다.

"후후~ 후후~ 늦춰지면 안 돼. 좀 더 빠르게. 엉덩이가 뜨거워질 때까지 걸어야 제대로 효과가 난다고."

어느새 동료들 보다 앞서 걷는 나는 '자연스러웠겠지' 안도의 한숨을 내쉬며 차츰 페이스를 찾아간다.

오래된 집착과도 같은 병일까. 갑갑함은 좀처럼 잦아지지 않고, 불쑥불쑥 종잡을 수 없이 찾아오는 화는 누그러지지 않는다. 그 갑갑함과 화의 근원지를 나는 안다. 아니, 알 듯 알지 못한다고 하는 것이 정확할까. 이것이 무슨 말장난 같은 말이냐고 물어도 할 수 없다. 어느 날 교통사고처럼 부지불식간에 나에게 일어난 사고가 나를 화나게 하는 것인지, 혹은 교통사고가 날 수밖에 없었던 그 상황이 나를 화나게 하는 것인지, 아니면 사고가 난 나를 주변에서 바라보는 시선에 화가 난 것인지 묻는 것과 같다. 쉽게 말하면 닭이 먼저냐 달걀이 먼저냐 고민하는 일과 같은 것이기 때문이다. 그러나 모든 것을 차치하고, 변하지 않는 그것은 어쨌든 멀쩡해 보이는 내 안에는 아직 상처 입은 내가 있다는 것이다.

그런 나는 오늘도 걷는다. 누구보다 씩씩하게. 누구보다 당당하게. 그것이 내게 해줄 수 있는 유일한 처방이다. 아무 일도 없었다는 듯.

오늘도 나는 이른 아침에 일어나 여느 날과 마찬가지로 두 잔의 물을 마시며 건강을 챙기고, 사무실로 나와 오늘의 할 일을 꼼꼼히 체크하며, 오전 업무에 집중하다 동료들과 점심을 챙겨 먹고 오후 일과를 바쁘게 보낸다. 그리고는 얼마 전부터 중년이라면 누구나 그렇듯 나 또한 늘어난 배를 걱정하며 간헐적 단식을 다짐하고, 동료들과 그 다짐을 실천하기 위해 퇴근 전 사무실과 가까운 곳에 위치한 공원을 걷는 것으로 일과를 마무리한다. 이 얼마나 평범하기 그지없는 한 사람의 지극히 일상적인 모습인가 말이다.

하지만 나는 본다. 장례식장에서는 매일 누군가의 죽음이 일상처럼 되풀이되고, 한 그릇의 육개장 속에 죽은 이의 일생을 말아 훌훌 마시는 것으로 슬픔을 삼키는 것을. 그것이 인생이다. 이 평범한 사람에게도 그러한 인생은 예외가 없다.

어느새 힘주어 걷던 다리 근육이 뻣뻣하게 조여지고, 목구멍으로 넘어가는 마른 침을 삼키는 것이 고통으로 느껴질 때쯤 나는 무언가를 발견하고는 멈추어 섰다.

꿈틀

길다. 굵다. 붉다. 환절의 모습을 한 지렁이가 온 힘을 다해 똬리를 틀고 있다. 녀석은 한눈에 보아도 고통스러워 보인다. 죽음 앞에 자신의 고통을 조금이라도 상쇄시켜보려는 듯 온몸을 둥글게 만다.

어릴 때 종종 나는 이런 지렁이를 발견할 때면 소금을 가져와 지렁이에게 뿌리고, 고통스럽게 죽어가는 모습을 한참이나 신기하듯 바라보곤 했다. 그땐 그런 행위가 잔인하다고 생각하지 못했다.

생채기에 짠 소금기가 닿으면 얼마나 쓰라릴까 하면서도 온몸을 거세게 비트는 그 모습에 희열을 느꼈다. 하지만 지렁이의 죽음은 정작 쓰라린 고통만은 아니었을 것이다. 지렁이는 피부로 수분을 흡수하는 동물이다. 소금을 뿌리게 되면 소금의 높은 농도가 지렁이 안의 수분들을 피부 밖으로 빠지게 한다. 결국 탈수 증상으로 죽게 되는 것이다.

하지만 지렁이의 죽음이 내가 알고 있던 것과 다른 연유라는 것을 알고 나서도 쓰라림에 대한 고통은 상쇄되지 않는다. 아마도 그것은 짠 내 나는 세상살이에 상처를 문대며 살아가고 있기 때문은 아닐까.

나는 여전히 굵고 붉은 지렁이를 조용히 내려다본다. 녀석은 어쩌면 삶으로부터 빠져나가는 현란한 춤을 추고 있을지도 모른다는 생각이 든다. 그제야 나는 꿈틀거리는 녀석을 뒤로 하고 또다시 실룩거리며 앞으로 나아간다. 그 모습이 마치 꿈틀거리는 지렁이와 닮았다. 나는 살기 위해 꿈틀거리고 있다.

대종사 말씀하시기를

* * *

공부인이 분수에 편안하면 낙도가 되는 것은 지금 받고 있는
모든 가난과 고통이 장래에 복락으로 변하여질 것을 아는 까닭이며,
한 걸음 나아가서 마음 작용이 항상 진리에 어긋나지 아니하고
수양의 힘이 능히 고락을 초월하는 진경에 드는 것을
스스로 즐기는 연고라.
예로부터 성자 철인이 모두 이러한 이치에 통하며
이러한 심경을 실지에 활용하셨으므로 가난하신 가운데
다시없는 낙도 생활을 하신 것이니라.

대종경 인도품 28장

한순간도
방심하지 말라

업이란

몸과 입과 뜻으로 짓게 되는 선악의 행위를 말한다.

신체의 동작(신업), 언어활동(구업), 마음의 생각(의업)이 있다.

모든 사람은 살아있는 동안

이 세 가지 업을 통해 선악의 행위를 하게 되고,

그에 따라 선과나 악과를 불러온다.

오랜만에 만난 지인은
늦은 나이에 치아 교정을 시작했다고 했다.
평소 오른쪽 입술이 왼쪽 입술보다
약간 올라간 듯 보였지만 크게 이상해 보이지는 않았다.
하지만 본인에겐
그동안 스트레스가 여간한 게 아니었나 보다.
불혹을 훌쩍 넘긴 나이였는데,
큰 결심을 했던지 브라켓을 달고 나타났다.

"나는 웃고 있는데 왜 똥 씹은 표정을 짓느냐고 시비를 걸지 않나, 갑자기 인생이 서러워지더라고요. 거울을 보면서 생각이 들었어요. 입만 비뚤어지지 않았어도 지금과는 좀 다른 인생을 살고 있지는 않을까 하고 말이에요. 그래서 확 질렀어요. 에라, 모르겠다. 남은 반평생이라도 좀 순탄하게 살아보자. 그래서 큰 맘 먹고 교정을 시작했더니 아, 이게 만만치 않아요. 이도 흔들리고, 먹을 때마다 아프고, 다 늙어서 주책이라는 생각도 들고. 2년 반이나 걸린다는데 효과가 있을지 없을지도 모르겠고. 그냥 있는 대로 살 걸 하는 생각도 가끔 들고."

"아이고, 아직 50년은 더 살아야 하는데 남은 인생 투자한다 셈 치면 괜찮은 투자 같은데요 뭘. 금방 익숙해진다니까 괜찮을 거예요. 참는 자에게 복이 온다는 말이 있잖아요. 인내하면서 지내다 보면 원하던 바를 이루게 될 테니 아프더라도 좀 참아보세요."

나는 지인을 위로했고, 지인은 그 이후로도 교정에 대한 통증과 불편함을 한참 동안이나 호소했다. 생니를 발치하면서 생기는 고통과, 발치 후 생긴 틈으로 바람이 들어올 때마다 잇몸 전체가 시린다는 점, 이가 흔들리고, 씹을 때마다 생기는 통증 때문에 근래에는 죽만 먹고 있다며 투덜댔다. 하지만 나에게 투덜거리는 그 소리는 결코 불평처럼 들리지만은 않는다. 새로운 인생이 다시 시작될 수 있다는 설렘? 혹은 기대? 쑥스러움과 부끄러움을 숨기기 위한 제스처처럼 보일 뿐이었다.

교정의 원리는 뼈세포들이 뼈를 녹이고 새로이 만들고 하면서 치아를 이동시키는 것이다. 아마도 2년 후면 아무 일 없었다는 듯이 지인은 한결 안정되어 보이는 인상으로 내 앞에 서 있을 것이다. 나는 지인이 말하는 순간에도 치아를 고르게 이동시키기 위해 끄는 힘이 작용하는 브라켓을 말없이 쳐다보며 나의 유년을 떠올렸다. 마치 그 브라켓의 장력처럼 내 인생도 교정의 기회를 갖게 된다면 '어떻게 변하게 될까' 하는 생각이 불현듯 들었던 것이다.

나의 유년은 아버지의 부드러운 피아노 선율로 가득하다. 아침부터 저녁까지 집 안에서나 뜰에서나 언제나 피아노 소리가 들렸다. 당시 사립초등학교 음악 선생님이셨던 아버지는 집에 피아노 세 대를 놓고 학생들을 가르치셨다. 하지만 나는 피아노에는 전혀 관심이 없었다.

만약 나의 아버지가 엄격했던 베토벤의 아버지와 같았다면 나 또한 피아노 앞에서 울상을 짓곤 했겠지만 아버지는 진즉에 나에게 재능이 없음을 발견하셨던지 피아노치기를 전혀 강요하지 않으셨다. 물론 내 위로 형과 남동생까지도 말이다. 단 누나는 예외로 혹독하게 피아노를 가르치셨다.

대신 아버지는 남들과 같아질 수 있는 조건을 만들어 주시기 위해 나의 부족한 부분을 어떻게 채워줄 수 있는지를 늘 고심하셨다. 하긴 '남들만큼'이라는 잣대가 곧 '평범하게'라는 뜻으로 해석되는 시대를 살아가는 사람들에겐 하루하루 남들을 따라가는 것도 버겁기 마련이다. 아마도 인생이란 '평범하게'라는 것이 얼마나 어려운 일인지 깨닫게 되는 과정이 아닐까 싶다.

어쨌든 그러한 연유로 아버지는 혀가 짧아 발음이 부정확했던 나를 남들과 같은 출발선에 세우기 위해 웅변학원에 다니게 하셨다. 그것이 훗날 나와 아버지 사이의 갈등이 될 줄은 까마득히 모르셨을 거다.

그렇게 웅변과 인연을 맺게 된 것은 초등학교 2학년 때였다. 당시 이리 고등학교 부근의 웅변학원을 다녔는데, 다행히도 나는 피아노보다 웅변이 좋았다.

발음이 부정확했기 때문에 늘 말하기를 두려워하던 나였지만 시간이 지날수록 또박또박 읽기가 되고, 단상 앞에서 큰 소리로 외치면서 주먹 한 번 부르르 떨고 나면 친구들의 박수 소리와 함께 자신감도 커져갔다. 청중을 사로잡는 논리적인 말하기의 기본을 다져가며 리더십도 자연스럽게 생겼다. 그러고 보면 어린 아들을 남들처럼 같은 출발선상에 세우고자 했던 아버지의 목표는 초과달성인 듯하다.

나는 중고등학생 때에는 학생회 간부 일을 도맡을 정도로 주목받는 학생으로 성장했다. 고등학교 2학년 때에는 다운타운가의 DJ가 되어 여학생들을 향해 머리를 쓸어 넘기는 꽤 멋진 오빠이기도 했다. 물론 어디까지나 주관적인 생각이지만.

확실한 건 그 후 나는 스포트라이트를 받는 것을 좋아했다는 것이다. 주목받는 삶을 원했고, 거기서 오는 희열을 즐겼다. 내 귀는 나를 인정해주는 소리를 좋아했고, 내 눈은 그런 소리를 내어줄 사람들을 향해 머물렀다. 하지만 인정을 받고, 칭찬받는 사람이 되기 위해서는 그만큼 성실과 책임감이 선행되어야 한다는 것을 깨달았다. 그것이 내 자신이 원하는 것을 갖기 위한 충족의 조건이기 때문이다.

그렇다. 나는 성실한 학생이었다. 이 때만 해도 내 인생은 봄날, 얼음장 밑에서도 졸졸졸 대지를 따라 언젠가 큰 바다에 다다를 희망으로 잘 흘러갈 것이라 생각했다. 아니, 부모님과 진학문제로 갈등을 겪고, 가출을 하고, 군 입대 후 복학과 사회생활에 첫발을 내딛을 때만 해도 내 생각은 변하지 않았다.

나는 그저 음악을 사랑했고, 웅변이 좋았으며 내 인생만큼은 내 스스로 결정할 수 있고, 그렇게 해야 한다고 고집을 부리는 청년일 뿐이었다. 때문에 나는 대학 진학을 앞에 두고, 밥벌이를 고민하던 부모님의 생각과 부딪치며 갈등을 겪어야 했다. 그리고 끝내 가출을 했고, 대구 범어시장 옆 2층에 있던 대구웅변학원에 강사로 취직했다. 일단 당장 목구멍에 풀칠을 해야 했고, 이 일로도 충분히 자신을 책임질 수 있다는 것을 보여주고 싶기도 했다. 일종의 시위였다.

하지만 1여 년이 지난 후 결국 나는 부모님의 간곡한 요청에 원광보건대학 치기공과에 입학했다. 하지만 원하지 않았던 공부가 재미있을 리 없다. 나는 그해 과감하게 휴학을 결정하고 육군 현역에 지원해 군대에 갔다.

35사단 신병 교육대. 당시 나는 광주 1기동대 백골단에 차출되었는데 시위진압부대인 백골단은 장발로 사복근무를 했다. 그래서 나는 머리가 장발이 될 때까지 식당에서 사역을 해야 했다. 돌이켜보면 그때는 전생에 누군가에게 맞을 죄를 지었든지, 혹은 현세에 부모의 마음을 아프게 한 죄였는지 눈만 뜨면 사정없이 날아오는 주먹과 구둣발에 정신을 차릴 수가 없을 지경이었다. 그래도 다행히 시간은 흘러갔고, 들어갈 때는 전경이었지만 제대는 육군 병장으로 제대했다.

나는 무사히 원광보건대학에 복학했다. 그때부터는 누구보다 열심히 살고 싶었다. 복학 후 나는 총학생회 총무 부장으로 활동도 했고, 시간을 쪼개 웅변학원에서 시간 강사는 물론 다운타운 DJ로도 열심히 일했다. 그리고 졸업 후에는 어린 나이였지만 각 다방에 오락기 게임기를 설치하고 수금하는 사업도 경험했고, 자동차 학원 강사로도 일했다.

생각해보면 지금의 내 길로 흘러가려는 인생의 장력을 아마도 부모님은 부단히 교정해주려 애쓰고 있었는지도 모른다. 모나지 않게, 비뚤지 않게, 벌어지고 틈이 생기지 않게, 그렇게 가지런한 내가 되기를 아마도 바라셨을 거다. 하지만 내 인생은 그러지 못했다. 때로는 덧니 같은 모양으로, 때로는 뻐드러지며 드러눕는 모양으로 젖니를 밀며 내 인생의 영구치는 그렇게 자리를 잡아 갔다.

그 덕분에 나는 지금 많은 사람들과 인연을 맺으며 일하는 활동가가 되어 수많은 업을 지으며 살아가고 있다. 또한 늦은 나이에 대학을 편입하여 학구열을 불태우며 경영학을 전공하여 경영학사 학위를 취득하기도 했다.

현재 나는 전라북도 세종사무소 협력관으로 일하고 있다. 전라북도가 국가 예산을 확보하기 위한 활동을 잘 할 수 있도록 물심양면 지원하는 일이다. 때문에 나는 전라북도 지휘부와 실·국장을 비롯한 각 시·군 단체장들이 정부 세종청사를 방문할 때면 최대한 나의 모든 인맥을 동원해 만남을 주선한다. 중앙 부처 공무원들에게 충분히 국비 확보의 당위성을 설명할 수 있어야 하기 때문이다.

그래서 나는 평소 중앙부처 공무원들과 친분을 쌓아 두기 위해 노력한다. 아침저녁으로 각 중앙 주요 부처의 문지방이 닳도록 다니며 인사를 하고, 다양한 이력을 통해 맺은 전국구의 사람들과 소통한다.

물론 이 일을 하기 전에도 나에겐 수많은 타이틀이 있었다. 익산원광대학한방병원 노조위원장, 한국노총 상임부의장, 김완주 도지사후보 선거대책본부장, 18대 대통령선거 문재인 후보 익산을 선거연락소장, OOO 국회의원 사무국장·후원회 사무국장, 19대 대통령선거 문재인 후보 전북 지방분권특별위원회 위원장, 원광대병원 장례식장 상임이사 등등…….

나는 살아있다.

두려워하라.

경계하라.

나는 오늘도 반나절 만에 50여 명이나 되는 인사들을 만나 이야기를 나눴고, 사업을 공모하기도 했다. 그것은 비단 오늘만의 일이 아니다. 아마도 나는 수많은 시간 동안 손에 꼽을 수도 없이, 부지불식간에 많은 업을 지었는지도 모른다.

업이란 몸과 입과 뜻으로 짓게 되는 선악의 행위를 말한다. 신체의 동작(신업), 언어활동(구업), 마음의 생각(의업)이 있다. 모든 사람은 살아있는 동안 이 세 가지 업을 통해 선악의 행위를 하게 되고, 그에 따라 선과나 악과를 불러온다. 그래서 불교에서는 현세를 어떻게 사느냐에 따라 다음 생이 결정된다고 보는데, '인간 세상의 모든 차별, 잘 살고 못 살고, 귀하고 천한 것은 모두 업을 어떻게 짓느냐'로 결정된다고 말한다. 때문에 나는 '사람의 마음을 미혹하지는 않을까', '인과 보응에 따라 고통 받게 되는 것은 아닐까', '쓸 데 없는 말로 업을 짓게 되는 것은 아닐까' 늘 경계하곤 한다. 나는 그것이 마음공부라고 생각하며 몸과 마음가짐을 다잡고는 하지만 생각처럼 결코 쉬운 일이 아니라는 것을 잘 알고 있다.

오늘도 출근 길에 나는 몇 번이나 마음을 다잡았던가. 버 젓이 끼어들기 금지라고 알리는 푯말 앞에서도 머리부터 밀고 들어오는 얌체 차량에게 욕이라도 해주고 싶은 마음은 굴뚝같 았지만 '참자' 마음 먹었고, 느릿느릿 거북이 경주하듯 앞에서 알짱거리는 차량을 앞지를까 말까 몇 번이나 고민했으며, 매 점 주인 아주머니에게 굳이 안 해도 될 참견을 시작하다 아차 싶어 그만두지 않았던가.

　이 모든 것이 아무 것도 아닌 일 같지만 일파만파 어떻게 커지게 될지는 아무도 모르는 일이고, 그때 가서 탄식해본들 그것은 뒤늦은 후회일 뿐일 것이다.

　누가 알겠는가. 나의 작은 언행이 교통사고를 일으키고 인 명사고까지 이어지게 하는 행동이 될 수도 있고, 그 행동이 한 사람의 인생과 한 가정을 망가트리게 될 수도 있는 것 아니겠 는가.

　그렇다면 침묵이 최선인 것일까? 꼭 그렇지만은 않다는 것 을 나는 스님들의 묵언수행에서 찾는다. 묵언수행은 글자 그대 로 침묵하는 것. 스님들이 묵언수행을 하는 이유는 제대로 듣 고, 더 잘 말하기 위해서다. 말을 하지 않으니 남의 말이 더 잘 들리고, 강론하지 않으니 스님 앞에 선 불자들은 자신의 고뇌를 더 쉽게 내려놓는다. 그것이 바로 스님들의 자비일 것이다.

어찌되었든, 과거가 있으니 오늘이 있는 법이다. 바꿔 말하면 과거라는 원인이 있으니 오늘날의 결과가 있는 것이다. 나는 이러한 인과 관계를 믿는다. 하지만 누가 이런 인생 공식을 풀어 정답 같은 삶을 살아낼 수 있을까. 지인이 떠난 자리, 나는 풀리지 않는 공식의 이치라도 알아내려는 듯 한참 동안이나 먼 산만 바라보다 사무실로 올라간다. 그저 나의 오늘이 조금 덜 업을 지었으면 하는 마음으로.

오늘은 바람이 불고, 내일은 또 비가 올 모양이다. 어느덧 몸이 내일의 날씨를 알아채는 나이가 되었다.

대산종사 말씀하시기를

* * *

원인이 결과가 되고 일생이 영생이 되는 것이니
어느 한때도 방심은 금물이니라

대산종사법어 교훈편 25장

무엇에
주착하는가

'이 사람이 내 인연이겠지'하면 살아지는 것이지만,

더 욕심내고 싶은 사람이 생기거나,

혹은 물질적으로나 정신적으로 더 위안을 주는 곳이 생기면

찾아 떠나고자 하는 마음이 생길 수밖에 없다.

즉 이 모든 것이 내가 존재함으로 생기는 욕심이며 주착이다.

내 고향은 전라북도 익산이다. 이곳에선 교회 오빠만큼 교당 오빠가 친숙하다. 아마도 한국의 민족종교인 전법성지이기 때문일 것이다. 나 또한 이곳에서 자란만큼 원불교와는 친숙했다. 동네 어르신도, 친구도, 친척들도 만나는 사람 대부분이 원불교를 종교로 가지고 있었기 때문에 성인이 되고 나서 나는 자연스럽게 원불교와 인연을 맺고, 받아들였다.

원불교 교전에 보면
십이인연(十二因緣)이라는 것이 있다.
이것은 불교의 중요한 기본 교리 중 하나로
중생세계의 삼세에 대한 미(迷)의 인과를
열두 가지로 나누어 설명하고 있는데,
과거에 지은 업에 따라 현재의 과보를 받고,
현재의 업을 따라 미래의 고를 받게 되는
인연을 설명한다.

어떻게 보면 존재 자체가 미래의 고통을 예약하는 셈이다. 무명이 있기 때문에 행이 있고, 행이 있기 때문에 식이 있다. 그러므로 존재하는 나는 이 순간에도 나에게 즐거움을 주는 것을 갈구하고, 괴로움을 주는 사람을 미워하며, 사랑에 아파한다. 그러나 부처님은 다르다.

「부처님은 천만 사물을 지어 나갈 때 욕심나는 마음으로 갈애하거나 주착하지 아니하며, 또한 갈애하고 주착하는 마음으로 취하지 아니하며, 또한 모든 업을 짓기는 하되 그 업에 주착하는 마음은 있지 아니하나니, 그러므로 일체 모든 업이 청정하여 윤회에 미혹되지 아니하고, 윤회를 능히 초월하는 것이다.」

〈정산종사 법어〉 경의편 45장

십이인연(十二因緣)

시기	인과(因果)	십이인연	설명	혹/업/고
과거 (過去)	과거이인 (過去二因)	무명(無明)	진리를 깨닫지 못한 어리석은 마음	혹(惑)
		행(行)	어리석은 마음으로 일체를 동작하는 것	업(業)
현세 (現世)	현재오과 (現在五果)	식(識)	영식(靈識)의 종자가 인연을 따라 모태 중에 들어가는 찰나의 일념	고(苦)
		명색(名色)	명은 정신, 색은 육체, 태중에서 차차 형체를 이루기 시작하는 때	
		육처(六處)	안·이·비·설·신·의가 구성되는 것	
		촉(觸)	처음으로 태중에 나와 천지대기에 접촉하는 것	
		수(受)	경계로부터 받아들이는 고통, 또는 즐거움의 감각	
현세 (現世)	현재삼인 (現在三因)	애(愛)	고통을 버리고 즐거움을 구하려는 마음	혹(惑)
		취(取)	애(愛)는 취하고, 증(憎)은 끌고 가려는 욕망이 치성하는 것	
		유(有)	다음 세상의 과보를 불러올 업	업(業)
미래 (未來)	미래이과 (未來二果)	생(生)	전생의 업인을 따라 미래의 몸을 받아 세상에 태어나는 것	고(苦)
		노사(老死)	늙어서 죽게 되는 괴로움, 암흑의 고계(苦界)로 윤회하는 것	

'주착'이라는 단어는 '무엇인가에 마음을 붙인다.'는 뜻을 가진다. 그러므로 '주착'하지 않는다는 것은 업을 짓기는 해도 흐르는 대로 두는 것. 쉽게 말하면 인연 또한 오는 사람 막지 않고, 가는 사람 붙잡지 않는다는 말과 같다. 주착하지 않으므로 원망도, 애착도, 증오도 없다.

그러나 '주착'하지 않는 마음이 어디 사람으로서 쉬운 것인가. 대부분의 사람들은 자신에게 이익을 주는 곳에 마음을 둔다. 설령 그곳이 도덕적으로 옳지 않다는 것을 인지하면서도 큰 이익이 생길 수 있다면 망설이기 마련이고, 그것을 취하기 위해 자기 합리화를 하곤 한다. 그러다 설령 그 이익이 눈앞에서 사라지기라도 하면 애초부터 옳지 않은 것이었다고 위로하면서도 '얼른 잡아 보기라도 할 걸' 하며 후회하기 일쑤다. 벌써 마음이 주착하고 있는 것이다.

사랑할 때를 생각해보라. 어떤 이는 단번에 필연적인 운명의 상대를 알아보기도 하지만 대부분은 그렇지 않다. 사랑이 식어서, 상황이 좋지 않아서, 성격이 맞지 않아서 등등 수많은 이유들이야 많겠지만 누구나 몇 번의 이별을 겪어야 하는 것이 인생사다.

떠나가는 이를 향해 '내 인연이 아니겠지' 하면 그만이겠지만, 그만한 사람이 또 없을 것 같아서, 그동안 들인 공과 정

때문이라도 잡고 싶은 마음이 생겨버린다. 그렇다면 떠나가는 이는 어떨까. '이 사람이 내 인연이겠지' 하면 살아지는 것이지만, 더 욕심내고 싶은 사람이 생기거나, 혹은 물질적으로나 정신적으로 더 위안을 주는 곳이 생기면 찾아 떠나고자 하는 마음이 생길 수밖에 없다. 즉 이 모든 것이 내가 존재함으로 생기는 욕심이며 주착이다.

이와 같이 '주착'하는 마음이 생기는 곳이 어디 사랑뿐일까. 일에 있어서도 마찬가지다. 때문에 나는 주착하는 나를 경계하는 방편으로 '중도'의 길을 선택하기 위해 노력하는 편이다.

내가 생각하는 중도란 강한 것은 약하게, 약한 것은 강하게 하여 상대도 살고, 나도 사는 길이다. 나의 이익을 쫓으며 상대의 이익도 함께 쫓는 길이다.

나는 약 10여 년간을 노동운동 현장에 있었다. 노동조합 사무국장을 시작으로 노동조합 위원장까지 맡았던 나는 누구보다 노동자 편에 있어야 했지만 내가 봐도 때로는 너무 무리한 요구를 한다 싶을 때가 많았다. 때문에 당시 여론에서도 강성노조라고 부르고, 귀족노조라고 비판했다.

노조의 본질은 노동 조건의 개선과 사회, 경제적 지위 향상을 목적으로 한다. 하지만 이것을 빌미로 무리한 요구와 장

기화는 해당 사측에 막대한 손실을 입히게 된다. 막말로 너도 죽고, 나도 죽자는 얘기밖에 되지 않는다.

때문에 나는 노동조합 위원장이었지만 병원의 예산과 운영, 회계를 공부하며 합리적인 사고로 어느 한쪽에도 치우치지 않기 위해 노력했다. 그 결과 4년 연속 무분규로 단체 협약과 임금 협상을 체결할 수 있었다. 하지만 그 과정 속에서 나는 사용자에겐 협박과 강요를 받아야 했고, 조합원들에겐 '어용'이라는 비판도 들어야 했다. 결코 나 자신의 이익을 위해 권력을 가진 이에게 영합한 적도 없고, 권력 기관에게 잘 보이려 하지 않았음에도 말이다.

하지만 괜찮다. 자리이타(自利利他)를 실천했다는 것만으로도 나는 뿌듯하고 기쁘다.

원래 자리이타(自利利他)란 남도 이롭게 하면서 자기 자신도 이롭게 한다는 수행태도인데, 자리(自利)란 자기를 위해 자신의 수행을 주로 하는 것이고, 이타(利他)란 다른 이의 이익을 위해 행동하는 것을 말한다. 다만 무슨 일이든지 행동에 옮길 때에는 자리이타로 하되, 부득이 한 경우에는 내가 손해를 보더라도 상대방을 이롭게 하라고 했다. 즉, 내가 조금 손해를 본다 한들, 모두를 지킬 수 있었다는 것에 나는 자부심을 갖는다.

그렇게 생각하고 보니, 아마도 내가 지금 전라북도 세종사무소 협력관으로 일하고 있는 것은 모두를 살려내는 '정의'를 공부하기 위한 딱 좋은 자리다.

'아차, 그렇다면
이 자리로 걸어오기 위해
그렇게 많고 많았던 고개를 넘어왔던 것일까.'

얼마 전 길 위에서 본 붉고 긴 환절의 지렁이가 떠오른다. 그 녀석은 지금쯤 살았을까. 죽었을까.

대산 종사 말씀하시기를

＊
＊
＊

개인과 인류가 영세토록 다 같이 잘 살아갈 생활 표준은
대종사께서 밝혀 주신 자리이타의 도라,
이 표준대로만 살고 보면 나도 이롭고 남도 이롭고
일체 동포가 이롭고 현생도 좋고 내생도 좋으리라.
그러나 부득이 자리이타가 되지 않을 때에는
내가 해를 차지하는 자해타리(自害他利)의 도를 실천해야 할 것이니
이것이 바로 불보살의 생활이니라.

대산종사법어 교리편 37장

어떻게
쓰여야 하는가

내 것을 주어도 아깝지 않았던 희망은

여전히 내 것이 되지는 않았지만,

내 것을 주어 가며 얻은 오늘의 나에겐 아직

희망을 얘기할 사람들이 여전히 존재한다는 것이다.

병원에 있을 때 나는 노동조합일은 물론 한약구매와 제제, 가공 등의 업무도 총괄 담당했다. 그 덕에 당귀, 감초, 녹용, 구기자, 겨우살이, 꾸지뽕 등 수많은 한약재들을 접하며 심도 있는 공부를 할 수 있었다.

삼계탕에 자주 사용되는 황기는 땀을 흘리는 사람의 기운을 북돋아 주는 데 좋고, 칡은 염증 완화와 해열, 갈증 해소에 좋아 숙취를 푸는 용도로 음용하곤 한다. 또 은은한 향기가 일품인 더덕은 가래를 없애고, 막힌 기를 통하게 하고, 차로 자주 마시곤 하는 둥굴레는 비장과 위장의 기운을 보강하는 효과가 있다. 대추는 어떨까. 중국 속담에는 '하루에 대추 3알을 먹으면 늙지 않는다.'라는 말이 있을 정도로 노화 방지 효과는 물론 면역력 강화와 불면증에도 좋다.

이렇듯 생활 속에서 자주 보는 한약재에서부터 대추와 함께 먹으면 원기 회복에 더 좋은 삼지구엽초, 열을 내리고 출혈을 멈추게 하는 계관화(맨드라미꽃), 정신을 안정시키고 눈을 맑게 하는 꽈리(산장실), 그리고 기억력을 증진시키는 데 좋다는 인삼 등 다양한 약재에 대해 하나하나 배워가는 재미에 날이 새는지 모를 때도 있었다.

이와 같은 노력으로 나는 1999년 중국 강소성 중의원(남경중의약대학 부속병원) 명예약사 고문으로 위촉되기도 했다. 한국과 다르거나, 중국에는 없는 한약재 쓰임에 대해 조언하곤 했던 것이다.

감초를 볼 때면 나는 왠지 묘한 감정을 느끼곤 했다. 그것은 마치 나를 닮은 듯 보였기 때문이다.

성질은 평하고 맛이 달며 독이 없다. 온갖 약의 독을 풀어준다. 9가지 흙의 기운을 받아 72가지의 광물성 약재와 1,200가지의 초약 등 모든 약을 조화시키는 효과가 있으므로 국로(国老)라고 한다. 5장6부에 한열의 사기(寒熱邪氣)가 있는데 쓰며 9규(竅)를 통하게 하고 모든 혈맥을 잘 돌게 한다. 또한 힘줄과 뼈를 든든하게 하고 살찌게 한다. 음력 2월 8월에 뿌리를 캐어 볕에 말려서 딴딴하고 잘 꺾어지는 것이 좋다. 꺾을 때 가루가 나오기 때문에 분초라고 한다. _본초

감초는 족삼음경(足三陰經)_다리 안쪽 부위에 분포되어 있는 3개의 음경맥(陰經脈)에 들어가며 구우면 비위를 조화시키고 생으로 쓰면 화(火)를 사(瀉)한다. _탕액

토하거나 속이 그득하거나 술을 즐기는 사람은 오랫동안 먹거나 많이 먹는 것은 좋지 않다. _ 정전

중국으로부터 들여다가 우리나라의 여러 지방에 심었으나 잘 번식되지 않았다. 다만 함경북도에서 나는 것이 가장 좋았다. _ 속방

이는 동의보감에 쓰여 있는 감초에 대한 설명이다.

'감초'는 콩과의 여러해살이풀로 여름이면 나비 모양의 쪽빛을 띤 보라색 꽃을 피운다. 뿌리가 달고 맛있어서 쓴 약을 만들 때 조금이라도 덜 쓰게 하려고 감초를 넣는데, 거의 모든 약에 들어갈 정도로 쓰임이 잦다. 그래서 '약방의 감초'라는 말이 있을 정도다.

이렇듯 감초가 다양한 약에 흔하게 쓰일 수 있는 이유는 성질이 평하고, 여러 약재들을 조화시켜 주는 역할을 하기 때문인데, 어떻게 보면 나 또한 다양한 방면, 다양한 사람들 사이에서 쓰여졌기 때문이다.

병원이 효율적인 운영에 고심하고 있을 때였다. 당시에는 농산물을 가공한 것만 한약재로 사용할 수 있었는데, 병원들은 각각 이 농산물을 따로 구입했고, 구입할 때마다 세척과 절단, 건조 등 가공비를 지불하고 있는 것이 아닌가. 전체적으

로 봤을 때 재료비의 비율이 22%에 달하는 수준이었고, 또 각 병원마다 암암리에 있을 리베이트 관계까지 생각하면 분명 원가를 절감할 수 있는 묘책이 있겠다는 생각이 들었다. 나는 당시 의료원장의 지시에 따라 의료 제제부를 설립했고, 농산물을 공동 구매 후 공동 작업함으로써 재료비의 비율을 9%까지 절감하는 데 기여했다.

대학의 자매결연을 중재하기도 했다. 내가 중국 강소성 중의원의 명예약사로 고문 활동을 할 때였는데, 이 학교는 중국의 중의약대학에서도 4대(남경, 북경, 상해, 광주) 명문 중 하나로 국내 한의과대학으로 유명한 원광대학교와 자매결연을 맺을 수 있다면 상호 발전할 수 있는 좋은 기회를 가질 수 있겠다는 판단이 들었다. 때문에 나는 학교 측의 요청으로 서로 교환교수를 보내고, 협진 진료를 시행할 수 있도록 물심양면 다리를 놓는 일에 적극 개입했었다.

또 한때는 원불교 총부의 간곡한 부탁으로 수익사업체의 대외협력 본부장으로 일하기도 하고, 또 한편으로는 치열한 전쟁터 같은 국회의원 선거판에서 승리를 이끌어내기도 했다.

심지어는 누군가 불편한 신호등 좀 바꿔 달라고 부탁하면 마다하지 않고, 방도를 찾아볼 만큼 나는 내가 할 수 있는 일, 쓰일 수 있는 곳이라면 어디든지 불문하고 달려가 성실하게 임했다.

2004년 가을, 그해 가을은 내 자신이 바짝 긴장하며 지낸 탓인지 유난히 쌀쌀했던 것으로 기억한다. 그해는 의료기관 평가가 최초로 실시되던 해였다.

의료의 질과 환자안전 수준을 제고함으로써 국민 건강의 유지·증진에 기여하기 위해 실시된 이 평가는 정부 중심의 강제평가에서 의료기관의 자율적인 참여로 전환된 것으로 인증결과는 그 다음해 1월 대국민에게 공표되었다. 때문에 다양한 항목에서 좋은 점수를 받기 위해 병원 측은 매우 많은 신경을 쓰고 있었다.

심사위원들이 병원에 들어올 때부터 심사를 마치고 나갈 때까지 나의 목표는 단 하나, 바로 감동. 이것이 곧 환자를 향한 병원의 남다른 서비스 질이라는 것을 피부로 느낄 수 있게 해주자는 것이었다.

먼저 심사위원들을 구성을 파악하고, 편리한 이동 동선, 쉽고 친절한 설명, 영양을 고려한 식사 등 나는 하나에서부터 열까지 세심하게 신경을 썼다. 마치 바둑을 두듯 다음에 일어날 수 있는 경우의 수까지 미리 계산하며 병원을 안내했다. 심지어는 여성 심사위원이 스커트를 입은 것을 눈 여겨 보고는 스타킹의 올이 나갈 것을 염려하여 미리 준비해두기까지 했고 여성평가자들의 나이를 보면 대다수가 변비약까지도 필요할 것 같아서 한방에 해결되는 한방변비약까지 숙소에 챙겨 놓았다. 나도 참 어지간히 꼼꼼했던 것 같다. 그리고 결국엔 준비했던 스타킹을 드릴 수 있어 뿌듯했으니 내 자신이 흡족했다.

그들은 어디서도 느낄 수 없었던 감동이었다며 한결 같이 입을 모았고, 손 모아 기다리던 평가 결과 또한 기대 이상임을 전달해주었다. 나는 병원 관계자들과 함께 기뻐했고, 쏟아지는 칭찬에 몸 둘 바를 몰랐다.

이렇듯 다양한 분야에서 나는 때로는 전략가가 되고, 때로는 발로 뛰는 실천가가 되기도 했으며, 한 조직을 통솔하는 리더로, 합리적인 이해와 감성을 겸비한 소통가로 동에 번쩍 서에 번쩍 하루가 바쁘게 뛰어다녔다.

하지만 아이러니하게도 나에게 남은 것은 없다. 남은 것이 있다면 내 책장과 책상 서랍 속에 먼지 쌓인 수 십 장의 상장과 수 십 개의 상패뿐이다. 이제서 돌아보니 그것은 한낱 종잇조각에 불과하고, 유리와 철로 된 유기물에 불과할 뿐이다.

사람들은 어쩌면 이런 나를 보고 그동안 얻은 명예와 남들은 써보지도 못할 이력을 얻고도 저런 불평을 늘어놓는 것을 보니 과한 욕심을 부리고 있는 것이 아니냐며 나를 폄하할지도 모른다.

하지만 나는 그랬다. 대학교의 자매결연을 주선할 때도 나는 사비를 털어가며 타국을 오가야 했고, 운영비도 없이 또 사비를 털어서 선거판의 전략을 짜고, 대소사를 챙기며 결국 남의 손에 승리의 깃발을 쥐어 주곤 했던 것이다.

성과가 필요할 때, 승리가 필요할 때, 크고 작은 이득이 필요할 때 그들은 나에게 다가와 늘 희망을 얘기했다. 그러므로 나는 또 기대와 희망을 부풀리며 몸이 부서지도록 나의 열정과 에너지를 분출했던 것이리라.

나는 오늘도 책장 위를 장식하고 있는 수많은 상패들을 물끄러미 바라본다. 전국연합 노동조합 연맹의장 표창장, 원광대학교 총장 공로상(노·사관계 공로), 전라북도지사 표창장, 전북지방노동위원회 위원장 표창장, 원광대학교 총장 공로상(의료기관 평가, 의료사고 공로), 익산경찰서장 감사장, 전라북도지방경찰청장 감사장, 익산시의회 의장 표창장, 시·도 세종사무소장 및 협력관 감사패, 대한민국 시도지사협의회장 감사패 등등…….

그 순간 전부인 줄 알았던 것들이 아무것도 아닌 게 될 수도 있다는 생각이 불현듯 스친다. 나는 허전한 마음에 더운 입김을 채우듯 달달하고 따뜻한 감초 차 한 모금을 마시며 중얼거린다.

'그래, 손해를 보지 않으면 사람은 없구나.'
내 것을 주어도 아깝지 않았던 희망은
여전히 내 것이 되지는 않았지만,
내 것을 주어 가며 얻은 오늘의 나에겐
아직 희망을 얘기할 사람들이 여전히 존재한다는 것이다.
이즈음 되면 씁쓸한 맛도
달달하게 삼킬 수 있을 테니
나는 언제든 맛 좋은 차를 준비할 것이다.
그 맛이 궁금하다면 나의 세계로…….

오라!
언제든 환영한다

대종사, 대중에게 말씀하시기를

*
* *
* *

"사람이 도를 알고자 하는 것은 용처(用處)에 당하여 쓰고자 함이니,
만일 용처에 당하여 쓰지 못한다면
이것은 알지 못함과 같은지라 무슨 이익이 있으리오." 하시고,
부채를 들어 보이시며
"이 부채를 가졌으나 더위를 당하여 쓸 줄을 모른다면
부채를 가진 효력이 무엇이 리오." 하시니라.

대종경 수행품 52장

어디에나
함정은 있다

'자신을 갖고 노는 것이 아닌가'하고

깨닫는 사람이 드물고,

그들이 손에는 떡을 쥐어 주고, 발에는 꽃신을 신겨주니

이 길이 '꽃길이구나' 싶은 마음에

다른 길은 돌아볼 생각을 하지 않는다.

'아첨', 단어 자체만으로도 왠지 비굴함이 느껴지지만 아첨 한 번 하지 않고 사는 일도 녹녹치 않은 것이 현실이다.

집에서 기르는 개도 밥 주는 사람은 단박에 알아보고 배를 뒤집고는 갖은 애교를 부리고, 아이들도 용돈 주는 사람이 누구인 지 아는 순간 태도가 바뀐다. 하물며 직장에서는 어떨까. 자기 밥 그릇 챙기기에 혈안이 되어 영혼이라도 팔겠다는 듯 아첨하는 이들은 어디에나 꼭 한 두명은 있다.

하지만 아첨에도 등급이라는 것이 있다.

「아첨하는 말에도 상중하의 수준이 있다. 몸을 가지런히 하고, 얼굴을 다듬고, 말을 얌전하게 하고, 명예나 이익에 초연하고, 상대방과 사귀려고 하는 마음이 없는 척하는 것이 최상의 아첨이다. 또한 간곡하게 바른 말로 자신의 감정을 드러내 보인 다음, 그 틈을 잘 활용해 뜻이 통하도록 하는 것은 중급 수준의 아첨이다. 말발굽이 다 닳도록 아침저녁으로 문안 인사를 드리고, 돗자리가 다 떨어지도록 뭉개고 앉아 상대방의 입술과 안색을 살피면서, 그 사람이 하는 말이면 무조건 좋다고 하고 그 사람이 하는 일은 무조건 훌륭하다고 칭찬한다. 이런 아첨은 처음 들을 때는 기분이 좋지만, 자꾸 듣다 보면 도리어 싫증이 나는 법이다. 그러면 아첨하는 사람을 비천하고 누추하다고 여기고, 끝내는 자신을 갖고 노는 게 아닌가 하고 의심을 품게 된다. 이를 두고 하급의 아첨이라고 하는 것이다.」

이는 『연암집』 '마장전(馬駔傳)'에 수록되어 있는 박지원의 말이다.

그렇다면 나의 아첨은 어느 수준일까. '명예나 이익에 초연하고?' 이 부분에서 양심 상 나는 최상의 아첨은 하지 못한다. 그렇다면 '무조건 훌륭하다 칭찬하다'고 말하는 스타일도 아니니 중급 수준의 아첨하는 태도를 가졌다고 하는 것이 좋을 듯하다.

문제는 아첨하는 자들보다 그 아첨을 받는 사람들에게 있다.

연암 박지원의 말처럼 아첨하는 자들이 '자신을 갖고 노는 것이 아닌가' 하고 깨닫는 사람이 드물고, 그들이 손에는 떡을 쥐어 주고, 발에는 꽃신을 신겨주니 이 길이 '꽃길이구나' 싶은 마음에 다른 길은 돌아볼 생각을 하지 않는다. 그러다 보면 어느새 아첨하는 이의 말이 세상 옳다구나 싶어 다른 이들의 말은 들리지 않고, 다른 세상은 보이지 않는다. 이것이 바로 눈 멀고 귀 멀어가는 순서다. 하여 아첨하는 이들이 내 주위에 있는 것이 아닌가 항상 경계하는 일을 게을리 해서는 안 된다.

그래서 나는 아첨하는 이들을 보면 영화 기생충이 떠오르곤 한다.

미술 치료사로, 가정부로, 기사로 온 가족이 협동 사기를 치며 한 가정을 비극으로 밀어 넣는, 아니 그렇게 해야 먹고 살 수 있는 현실이 우리 사회와 닮았고, 또 그 일련의 과정 속에서 기생충들끼리 피 튀기는 전쟁을 하는 모습도 낯설지 않은 것이 우리의 현실과 닮아 있다.

영화 속에서도 박 사장 가족은 멍청한 것인지, 순진한 것인지 모든 것을 빼앗기게 되면서도 그들을 한 치도 의심하지 않았고, 가정이 망가지고 있다는 사실도 눈치 채지 못했다. 그것은 그들이 알 필요도 없고, 알 가치도 없는, 혹은 두려워서 둘러보기 싫었던 지하세계가 존재하기 때문이었을까, 혹은 그들만의 세계 속에 갇혀버린 탓이었을까.

도대체 누가 가해자이고, 피해자인지 모르는 이 영화를 보며 그날 나는 우중충한 마음을 짜파구리로 볶아 먹다가 역시 최고의 승리를 거둔 사람들은 '짜파구리를 생산해낸 기업이구나' 생각했던 적이 있었다.

그렇다면 최대의 피해자는 누구일까. 기득권의 눈과 귀를 멀게 하기 위해 영혼을 파는 아첨꾼일까, 혹은 아첨하는 이들에 의해 눈과 귀가 먼 사람일까, 아니면 그들의 속된 전쟁에 휘말린 나 같은 사람일까. 최후의 결말은 아직 끝나지 않았으니 모를 일이지만 나의 억울함은 평생 내 가슴을 찢고도 남을 만큼 아프다.

그날 나는 난생처음으로 누군가의 앞에서 무릎을 꿇었다. 그런 나를 보고 있는 사람은 내 사건을 담당하는 젊은 검사였다.

단단한 바닥은 낮고, 차가웠으며, 그 낮은 바닥에 그의 마음도 나를 따라 웅크리고 앉지 않을 것을 알았지만 나는 그 자리에 앉아 몸을 떨었다.

그것이 그의 마음을 바꿔 놓을 수만 있다면 환심이라고 해도 좋을 것이고, 비굴함이라고 해도 좋을 것이다. 다 괜찮다. 나에겐 지켜야 할 것이 분명히 있었기 때문이었다. 그것은 진심을 다해 결백을 표명한 행위였고, 내 일생 최고의 용기였다.

나의 손을 잡아 일으키는 그의 얼굴을 보면서도 내 머릿속엔 20여 년을 쌓아온 나의 청춘과 열정, 명예와 도덕, 나를 믿는 수많은 사람들의 얼굴과 성직자의 길을 걷는 내 아들과 가족의 모습이 주마등처럼 흘러갔다.

나의 죄명은 '변호사법 위반'이라고 했다. 어느 날 자고 일어나 보니 나도 모르는 사이 범죄자가 되어 있었던 나는 이 낯설고 생소한 단어가 왜 나에게 와 있는지 나는 영문을 몰랐고, 한동안 정신을 차릴 수 없었다.

변호사법 위반이란 변호사에 대한 사항을 규정하고, 변호사가 아닌 자가 해서는 안 되는 행위를 규정하는 법률이다.

대부분 이 낯선 이름만 듣고 '어? 이건 변호사만 한정되어 있는 것 아니야?' 라고 생각하게 되는데 그건 오산이다. 이 변호사법 위반은 변호사가 아니어도 공무원이나 일반인에게도 적용될 수 있는데, 조금 더 자세히 설명하자면 변호사 외에도 공무원이 취급하는 모든 사무에 관한 청탁이라면 혐의가 적용되어 형사처벌이 가능하다.

예를 들어 내가 어떤 세무사에게 말하길, '내가 아는 지인이 있는데 이번에 종합소득세를 추가로 내게 생겼으니 세무사님이 신경 좀 잘 써 주시면 좋겠어요.' 하면서 소정의 금품을 건네고, 그 세무사가 금품을 받았다면 그는 변호사법에 저촉되어 형사입건 될 수 있다.

그런데 내가 이 변호사법을 위반한 것이라고 했다.

내가? 언제? 어디서? 누구에게? 왜? 내 머릿속에서는 이 모든 것들이 성립되지 않았다. 나는 추호도 그런 일을 한 적이 없기 때문이다. 하지만 그런 일을 내가 했다고 하니 환장할 노릇 아니겠는가.

그들의 말에 따르면 내가 면세유를 취급하는 업자를 잘 봐 달라며 그동안 알고 지내던 경찰에게 불법 청탁했다는 것이다. 그것도 돈을 주어 가며.

처음에는 별 일 아니라고 생각했다. 진실이라는 거창한 말을 가져다 쓰지 않아도 될 정도로 이 엉터리 같은 말은 하나하나 차근차근 풀어나가다 보면 자연스럽게 풀려질 것이라고 생각했다. 하지만 나는 덫에 걸려도 단단히 걸려 있었고, 마치 덫에 걸린 어린 짐승처럼 공포에 울부짖으며 온몸을 떨어야 했다.

결론부터 말하자면, 참담했다.

아무리 아니라고 이야기를 해도 들어주는 사람이 없었고, 알리바이와 증거를 내밀어도 바로 봐주는 사람이 없었다. 그렇게 무릎을 꿇고 내 억울함을 호소했지만 눈과 귀가 먼 기득권과 그 기득권에 아첨하는 무리의 함정은 나를 쉽게 놔줄리 없던 것이었다.

그저 누군가를 배려하고, 약자의 편에 서서 도움을 줄 수 있다는 사실만으로도 기뻤던 지난날이 이렇게 이용될 수 있다니…….

그렇게 나는 그 엉터리 같던 함정에 빠져 차근차근 쌓아왔던 내 인생의 모든 계획이 수포로 돌아가는 것을 목격해야 했다. 그런 나를 보고 아마도 영화 기생충 속 기택이라면 이렇게 말하지 않았을까.

"인생이 어디 계획대로 되더냐. 무계획이 실패하지 않는 가장 좋은 계획이다."라고.

그러나 나는 믿는다. 아첨과 비굴함의 주체가 맡게 되는 최후의 결말은 아직 끝나지 않았다고.

끝날 때까지
끝난 게 아니다

대종사 말씀하시기를

*
*
*

남이 알아주지 않음을 근심하지 말고 먼저 지행을 갖추어라.
이름은 실(實)의 그림자이니 실이 있는 곳에는 반드시 이름이 있으나,
이름이 있는 곳에는 반드시 실이 있지는 못한 것이다.

대종경선외록 요언법훈장(要言法訓章) 27절

보이는 것이
전부가 아니다

그는 젊은 나의 친절에 감사해하기도 했다.

그러나 호의가 계속되면 권리인 줄 안다는 말이 나오기까지는

오랜 시간이 걸리지 않았다.

내가 그를 알게 된 것은 병원의 총무팀 서무계장으로 일을 할 때였다.

당시 나는 의료사고와 분쟁처리에 관한 업무를 처리하면서 지역 경찰서의 한 형사와 잘 알고 지냈는데, 원만한 업무를 처리하기 위해서 나는 늘 그에게 잘 보여야 했다. 마치 갑과 을의 관계처럼 말이다.

보통 의료사고가 나면 유족 측이 경찰에 신고를 하게 되는데, 사건은 지구대를 경유하여 형사과로 이관되며, 형사과의 조사를 통해 기소여부가 결정된다. 사정이 이러하다 보니 그의 말에 성심성의껏 응하는 것이 내 입장에서는 당연했다.

참고로 3년 10개월의 서무계장 근무시 사망사고 등을 비롯한 의료사고가 37건이나 발생했고 사망사고 장례비용으로 백만 원에서부터 다양하게 합의하고 종결하는 뛰어난 능력을 발휘했던 것으로 기억한다. 어쩌면 그 망자들에게 죄를 지어 죄값을 받았는지도 모른다고 가끔 생각한다.

그러던 어느 날, 그 형사로부터 전화 한 통이 걸려왔다.

"내가 정말 잘 아는 특별한 지인인데, 그 분 둘째 며느리가 이번에 출산을 해야 하거든요. 그래서 익산에 제일 큰 병원을 소개시켜 달라고 연락이 왔는데 계장님께 부탁을 드리고 싶어서요. 불편한 것 없이 배려 좀 해주시면 좋을 것 같습니다."

"아, 그럼요. 어려울 게 있나요. 제가 해드려야지요. 염려 마십시오."

그러한 인연으로 나는 그 사람을 소개받았고, 그날로부터 그의 외래진료와 한방병원 진료, 건강 검진 등을 정성껏 도와주게 된 것이다.

그의 첫인상은 나쁘지 않았다. 호쾌했고, 친절했다. 때문에 나는 친절을 베푸는 일에 궁색하지 않았고, 그는 젊은 나의 친절에 감사해하기도 했다. 그러나 호의가 계속되면 권리인 줄 안다는 말이 나오기까지는 오랜 시간이 걸리지 않았다.

그 일을 시작으로 그는 자신이 건강검진을 해야 하거나, 부인이 병원에 가야 할 때도 나를 찾곤 했다. 물론 환자에게 최선을 다해 서비스하는 것은 병원에 근무하는 사람이라면 당연한 것이겠지만, 문제는 언젠가부터 진료비와 약값도 내 카드로 계산해야 했던 것이다.

"아이고, 진료비가 좀 모자르네. 혹시 먼저 처리 좀 해주시면 내가 나중에 처리해드리면 안 되겠습니까."

처음엔 조금 황당하기도 했지만, 나이도 지긋한 어르신에게 그 자리에서 안 된다고 딱 잘라 거절하기도 어려웠다. 그렇게 나는 내 카드로 비용을 결제해주었고, 그의 부탁대로 약도 구입하여 택배로 보내주었다. 하지만 그는 병원비와 약값 지불을 차일피일 미루며 날이 갈수록 다양한 부탁만 요청해왔다.

"내가 부탁이 좀 잦죠? 이왕 이렇게 된 거 자잘하게 계산하는 것도 어려우니까 나중에 묶 돈으로 처리해드리면 어떨까요. 그게 서로가 편할 것 같으니 그렇게 합시다."

'재력도 상당한 어르신이라는데, 설마 그까짓 약값을 나에게 떼어 먹겠어?' 하는 막연한 믿음도 있었고, 특히 형사과장이 부탁한 특별한 지인이라는 것이 늘 마음에 걸려 나는 선불리 재촉하지 않았다.

하지만 그가 부탁한 약값만 5백만 원이 넘어갈 즈음엔 나도 참지 못하고, 그를 소개해준 형사과장에게 항의전화를 하기도 했다. 그것이 그를 소개받은 지 2년 정도가 지난 시점이었다.

"과장님, 저도 참을 만큼 참았는데 어르신이 좀 너무한 것 같아서요. 아니 약값도 제대로 주시지 않고, 계속 여러 가지 부탁만 하는데 저도 좀 난처합니다. 제가 어떻게 해야 하겠습니까?"

"그래요? 저도 몰랐네요. 제가 한번 알아보고 다시 연락드리겠습니다. 여러 모로 신경 써 주셔서 감사드려요."

그래서였을까. 그 후에 나는 다행히 약값을 지불 받을 수 있었다. 그리고 그때까지만 해도 나는 이 돈이 나를 함정에 빠뜨리는 요소가 될 수 있다고는 전혀 생각하지 못했다.

　나는 그가 병원에 올 때마다 최선을 다해 친절을 베풀었다. 심지어 이것이 사람 사는 '정'이고, '기쁨'이지 않을까 그런 생각까지도 하곤 했다. 하지만 그랬던 나의 호의는, 나의 믿음은, 나의 기다림은 어느새 내 뒤통수를 치며 나를 곤두박질치도록 했다.

　그로부터 내가 받은 돈은 당연히 내가 받아야 했던 나의 돈이었지만, 어느새 내 사건에서 면세유 업자를 잘 봐 달라고 '청탁의 대가로 지불한' 돈이 되어 있었던 것이다.

　이 해괴망측한 일을 나는
　어떻게 받아들이고, 이해할 수 있었을까.
　상식으로는 도저히 이해할 수 없는 것이
　세상의 일이라는 것을
　나는 영혼 없이 받아들여야만 했다.
　그것은 마치 겁탈과도 같았다는 것을
　나는 잊지 못한다.

대산 종사 말씀하시기를

*
*
*

상대가 신의를 저버리더라도
우리는 항상 신의를 지키고 살려야 하나니,
진리는 언제나 살리는 자에게 인(仁)을 주고 큰 일을 맡기기 때문이니라.
그러므로 상대가 나에게 비법(非法)으로 상대해 오더라도
한 걸음 물러나 정법으로만 대하다 보면
결국은 상대도 참회하고 자각하여 새 사람이 되고
내 일도 성공하게 될 것이니라

대산종사법어 운심편 5장

모
략

권리는
남이 지켜주지 않는다

내가

왜

따돌림을 당하고 있는지도 몰랐고,

어떻게 대처를 해야 하는 것인지도 혼란스러웠다.

하지만 부당함을 이겨내지 못한다면

나는 어디에 가서 정당하게 살 수 있는가.

'덜컥' 종이컵이 빠져나오고, 곧 이어 '조르르르' 따뜻한 커피원액과 함께 뜨거운 물이 채워진다.

나는 종종 이 커피 자판기의 커피를 마시곤 하는데, 100원짜리 동전으로 누릴 수 있는 행복 중 가장 가성비 좋은 행복이 아닐까 싶을 만큼 달달하니 그 맛도 일품이다.

이상하게도 커피 전문점의 원두커피를 줄곧 마시다가도 중간에 한두 번씩 이 커피를 마셔줘야 일이 풀릴 때도 있다. 오늘도 나는 직원들과 함께 '떨어진 당을 보충할 때 이만한 게 없다'며 자판기 커피를 마신다.

사람들은 이 자판기 앞에서 어떤 대화를 나눌까.

동전 하나로 누리는 짧은 시간이지만 어떤 이들은 세간에 화제가 되는 뉴스를 거론하며 정치를 평하고, 또 어떤 이들은 업무에 대한 짜증을 토로하기도 하고, 또 어떤 이들은 그런 그들을 위로하며 어깨를 다독이기도 한다.

그저 묵묵히 그 자리에 서서 어떤 이들이 오고 가거나 그들의 이야기를 듣고 서 있는 자판기. 이 자판기가 단순히 커피나 음료를 내어주는 기계가 아니라, 그들의 이야기를 듣고 세상의 놀라운 이야기를 내어주거나, 혹은 숨겨진 비리를 알려주는 자판기라면 아마도 작은 종이컵 가지고는 그 내용물을 받기는 어려울지도 모르겠다.

병원에는 이렇듯 많은 이들이 심심치 않게 이용하는 자판기가 여러 대 운영되고 있었다. 그리고 나는 관리 직원을 두어 자판기를 관리하며, 수금을 하기도 했다.

100원짜리 커피를 판매하는 자판기라지만 대형병원 내 상주 직원들과, 환자, 보호자, 방문객들이 하나 둘 넣고 가는 그 동전은 꽤 큰 금액으로 모이곤 했다.

그래서 그랬을까. 언젠가부터 내가 자판기 앞에 설 때면 남모르는 그림자가 따라붙었다. 물론 나는 수상한 그림자의 정체가 무엇인지 알고 있었고, 그들의 목적 또한 수금한 돈이 아니라는 것을 분명 알고 있었다.

그들은 마치 내가 보라는 듯, 내 뒤를 밟았다. 관리 직원이 자판기의 돈을 수금하고 지나가면 해당 자판기에서 커피를 빼 마시거나, 음료 토출구의 뚜껑을 소리 나게 딸깍 열어 보기도 했다.

그들의 목적은 내 뒤를 밟고, 뒷조사를 하는 데 있었다. 그들의 존재는 꽤 성가시게 했지만 두렵지는 않았다. 왜? 난 비리 같은 것을 묻어두거나, 키우고 있거나, 저지른 적이 없었기 때문이다.

병원장이 바뀌면서부터였다. 한마디로 정권이 교체된 것이다.

그들은 지난 정권이 어떻게 운영되었는지 확인할 필요가 있다고 느꼈을 것이고, 더욱이 오점 하나 남지 않았다는 것이 의심스러웠을 것이다. 털어서 나오지 않는 먼지 없다고 사사건건 뒤를 밟고 쫓으면 분명 어디에선가 숨겨둔 비자금 내지는 불법자금의 실마리를 잡을 수 있다고 희망을 가졌던 모양이다. 그러나 불행하게도 그런 건 없었다.

우리는 종종 사극 드라마를 통해 정권 교체 시 늘 피비린내 나는 숙청이 진행되는 것을 보았다. 아마도 미심쩍은 덜미를 잡아 전 정권에서 많은 일을 하던 나를 제거하는 것이 그들, 아니 그에겐 윗라인에 줄대기에 아주 좋은 기회라고 생각했을 것이었다.

앞서 말한 바 있지만 눈 가리고, 귀 멀게 하는 아첨꾼은 어디에나 있는 법이고, 자신의 일을 수월하게 하기 위해서는 물불 가리지 않고, 경쟁상대를 쳐내야 하는 것이 세상이다.

그에겐 나 같은 사람이 알아서 사표를 내고 나가면 앓던 이가 빠진 것처럼 속이 시원하기도 했겠지만, 나는 그저 내 가족을 책임지는 가장이기에 밥벌이도 중요한 사람이었고, 법에 의해 정해진 임기 동안 일할 권리가 있는 한 사람일 뿐이었다. 그러니 정권이 바뀌었다고 해서 내 스스로 사표를 낼 리는 만무했다. 그러한 내 의지를 알고도 애써 내 존재 자체가 거슬렸다면 그는 '새로운 판을 깔고 무엇을 하고 싶었던 것일까?'

나는 그것이 궁금하다.

그는 대놓고 나를 다른 병원의 총무팀장으로 갈 것을 종용하기도 했다.

"제가요? 제가 왜요? 여기가 엄연한 제 일터이고, 직장인데 제가 그래야 될 이유라도 있나요? 그리고 아직 제 뒷조사도 끝나지 않은 것 같은데, 가게 되더라도 그 뒷조사 다 마치면 그때 가겠습니다."

아마 그때 그가 원하는 대로 그 즈음에서 못이기는 척 자리를 옮겼더라면 내 인생은 지금 어땠을까. 지금과는 다른 인생을 살게 되었을까. 만약 그때로 다시 되돌아간다고 해도 아마 나의 선택은 그때와 다르지 않았을 거라는 확신이 지금의 나를 감당하는 원초적인 힘일 것이다.

나는 다른 병원으로 전출되지는 않았지만 모두가 기피하던 부서로 발령을 받았다. 그곳은 응급실과 채권 회수팀. 병원 내에서도 제일 일하기 힘들고 환경도 취약한 곳이었다. 한 번도 일 해 본 적도 없는 곳으로 발령을 낸다는 것은 곧 알아서 나가라는 뜻이기도 했다.

하지만 나는 그곳에서도 불량채권을 다수 회수하는 실적을 발휘했다. 그럼에도 불구하고 나는 소위 말하는 직장 내 왕따가 되었다.

여직원들은 상사로부터 나와 식사하지 말 것을 지시받기도 했고, 내가 외부 손님과 점심을 먹게 되면 그는 직원을 시켜 누구와 식사를 했는지, 무슨 이야기를 했는지 확인하기도 했다. 심지어는 그 외부 손님에게 직접 전화를 걸어 무슨 용건으로 만남을 가졌는지 캐묻기도 했다. 유언비어도 퍼트렸다. 노동조합 지부장 선거에 나온 사람을 내가 뒤에서 조종하고 부추겨서 출마를 한 것이라는 소문을 내기도 했으며, 내가 미수금 출장을 나갈 때면 서무계장과 직원을 시켜 출장 사실을 확인하고, 함께 출장 간 직원에게 같이 출장 다녀온 사실이 맞는지 일일이 대조하고 확인했다.

당시 나는 응급대불을 신청하기 위해 등기를 발송하는 일이 많았다.

응급 의료비 대불제도란 촌각을 다투는 응급 환자가 당장 돈이 없어서 진료를 받지 못하는 일을 막기 위해 국가가 응급 의료비를 대신 내 주고, 나중에 환자가 국가에 상환하는 제도다. 따라서 환자가 응급대불신청서를 작성 했을 시 병원은 국가로부터 비용을 받을 수 있는데, 비용 수취의 근거가 되는 사례 중 하나가 탈원자를 대상으로 등기 발송 시 등기가 반송되는 경우였다. 그럼에도 불구하고 왜 이렇게 등기 반송이 많냐며 어처구니없게도 등기를 보내지 말라는 지시를 내리기도 했다.

또 한 번은 원불교 신문에 나에 대한 미니 인터뷰가 실렸을 때였다.

당시 병원에서는 직원의 기사가 언론 매체에 실리면 홍보팀에서 기사 내용을 요약하여 병원 게시판에 게재를 했는데 나의 기사는 게재하지 말라는 지시가 있었다.

당시 기사 내용은 다음과 같았다.

20여 년 전부터 왕궁한센인을 위하여 발 마사지 자격증을 취득하여 꾸준히 봉사활동을 해온 박천권. 그는 이러한 공로를 인정받아 1998년과 2009년 두 번에 걸쳐 전라북도 도지사 표창장을 받았습니다. 또한 원광대학교 발전에 크게 기여한 바 1998년과 2005년에도 원광대학교 총장 공로상을 받은 인물로 그는 이 밖에도 2001년 지방노동위원회 위원장 상을 수여받았으며, 2005년과 2006년에는 익산경찰서장과 전북지방경찰청장상을 수여받았고, 익산시의회 의장상을 수여하는 등 타 유관기관에서도 모범이 되는 인물로 평가되고 있습니다. 2009년부터 그는 봉사활동 단체인 '전라북도를 사랑하는 모임, 일명 '전사모'를 이끌고 있는 인물로 69명의 회원을 대표하는 회장을 역임하면서 월 1회 이상 성실한 봉사활동을 펼치고 있습니다. 사회적 약자를 위해 노력하는 진실된 삶을 살아오고 있는 박천권. 그는 급여의 10% 이상을 교육단체와 봉사에 꾸준히 기부하며 사회적으로 훈훈한 감동을 안겨주고 있습니다.

사실 별 일 아닌 것 같은 일이지만, 콕 짚어 '너만은 안 돼'라는 표적이 되어 따돌림을 느낀 나로서는 매우 서운했던 것이 사실이다.

노동위원회 심판조정위원으로 겸직을 신청할 때도 그랬다.

당시 인사규정 상 직원은 병원장의 허가 없이 병원 직무 외 자기 사업 또는 타인의 영업에 종사하거나 타 직무를 겸임할 수 없다는 조항이 있었고, 타 기관의 위촉을 수락할 경우, 또는 진학하고자 할 경우에는 사전에 병원장의 승인을 받아야 한다는 사항이 있었다.

그래서 나는 총무팀에 겸직신청서를 제출하여 사전 승인을 받고자 했다. 하지만 돌아온 대답은 "본인은 결재할 수 없으니 본인이 직접 원장에게 가서 결재를 득하라"는 것이었다.

말은 쉬운 일이었고, 못할 것도 없는 일이었지만, 일반적인 행위는 더더욱 아니었다. 누가 단계 없이 올라온 결재 건을 허락해줄 것인가. 결국 나는 총무팀이 아닌 원무팀의 라인으로 돌려 결제를 받아야 했다.

이렇듯 나와 관련된 일이라면 그는 직위를 이용해 사사건건 앞뒤 가리지 않고 시비를 일삼았다.

이 밖에도 치졸하게 괴롭히는 방법은 수없이 많았다. 업무는 계속 늘어나 숨 돌릴 틈도 없는데 직원수를 줄이고, 일과 관련해 외부에서 내게 부탁을 해오면 외부 사람임에도 불구하고 '문제 있는 사람이 아니냐, 능력이 없으니 그런 부탁을 하는 것 아니냐'는 등 입에 담지 못할 비방도 거침없었다. 또 유독 내가 앉아야 하는 응급실 사무실 책상의 위치를 지정하고 앞 칸막이의 높이를 내원객들이 볼 수 있도록 낮추게 하여 일부러 모멸감을 느끼게도 했다.

하지만 나는 끝끝내 사표를 내지 않았다. 권리는 남이 지켜주는 것이 아니기 때문이다.

사실 처음엔 내가 왜 따돌림을 당하고 있는지도 몰랐고, 어떻게 대처를 해야 하는 것인지도 혼란스러웠다. 하지만 부당함을 이겨내지 못한다면 나는 어디에 가서 정당하게 살 수 있는가. 그것을 지키지 못했을 때 부끄러운 내 자신을 확인해야 한다는 사실이 나를 더욱 괴롭게 했다.

때문에 나는
그저 그런 그의 한심한 속내를 보면서
되뇔 뿐이었다.

'헐'

정산종사 말씀하시기를

* * *

용맹에 세 가지가 있나니,

일의 선후를 알지 못하고 완력만 주장하는 것은 만용(蠻勇)이요,

정의를 세우기 위하여 불의를 치는 것은 의용(義勇)이요,

외유내강으로 정당한 뜻을 굽히지 않고

꾸준히 정진하는 것은 도용(道勇)이니라.

정산종사법어 법훈편 68장

그들은
그림을 맞추고
나는
퍼즐을 맞춘다

전체적인 윤곽을 세우고,

틀을 잡고, 비슷한 색들을 고르고,

연결 부분을 추리하면서

'내 그럴 줄 알았어'라며 빠르게 척척

꼭 들어맞는 퍼즐을 즐기며 희열을 느낄 것이다.

내가 청탁했다는 면세유업자를 본 것은 딱 두 번. 응급실 발령을 받고 얼마 후, 형사과장의 소개로 친절을 베풀고 있던 그가 면세유업자와 함께 지인의 문병 차 병원을 방문했을 때와 그 뒤로 면세유업자의 친구가 암에 걸려 병원에 오게 되었을 때 그렇게 딱 두 번이었다.

　그 두 번의 만남을 통해 내가 기억하는 것은 그의 인상이 남자였음에도 예쁘장하니 순박해 보인다는 것이 전부였다. 그런데 내가 그의 위법행위를 잘 봐 달라고 형사과장에게 돈까지 줘가며 청탁을 했다는 것이다.

　도대체 이런 모함은 누구로부터 시작된 것일까.
　나에게 왜 이러는 것일까.

　사건은 형사입건이 된 면세유업자의 입을 통해 진술되었다.
　그는 면세유법 위반으로 곤란한 상황에 처하자, 평소 형사와 친분이 있던 나에게 도움을 요청했다고 했다. 그리고 수표와 기프트 카드를 전해주었다고 했다. 그것을 받은 나는 평소 잘 알고 지내던 형사에게 전화를 걸어 조용히 만남을 가질 수 없겠느냐고 제안했고, 그와 경찰서 사무실에서 만났다는 것이다. 그리고 나는 그에게서 받은 수표를 형사에게 넘겨주었고, 청탁을 부탁했다는 것이다.

그러나 나는 그날 형사에게 전화한 일도 없었고, 경찰서에 간일도 없었다. 나는 그저 밤늦도록 병원에서 밀린 업무를 처리했을 뿐이었다.

나는 이 모든 사실을 낱낱이 자료로 제출했다. 출퇴근 기록부와 휴대전화 사용 목록까지 첨부했다. 그러나 아무도 나의 알리바이를 믿어주지 않았고, 재판에서는 내가 제출한 자료가 반영되지 않는 사태까지 벌어졌다.

산 넘어 산이었다. 이 간단한 사실을 증명하는 것이 이토록 어려운 일이 될 줄은 꿈에도 몰랐다.

사람들은 간혹 그림 퍼즐을 즐기곤 한다.

생각해 보라. 그 퍼즐을 맞출 때 제일 먼저 하는 일은 무엇일까. 누구나 마음속으로 하거나 입 밖으로 내뱉으면서 제일 먼저 하는 일.

'어디 보자. 내가 어떤 그림을 맞춰야 하는 것인가.'

아마도 자신이 맞춰야 하는 그림을 확인부터 하는 것이 아닐까.

별이 빛나는 밤
빈센트 반 고흐 1889

　‘그래, 온통 은하수로 뒤 덮힌 하늘이 위쪽으로 펼쳐지고, 구름 아래로는 낮은 산이 멀리 보이고, 그 산 아래로는 평화로워 보이는 아담한 마을이 있네. 좋네, 좋아, 그럼 지금부터 나는 이 아름답고 평화로운 한 편의 그림을 완성하겠다. 자, 어디 시작해볼까? 깔끔하고 빠르게 끝내주겠어.’

모 략

아마도 사람들은 자신이 맞춰야 하는 전체적인 그림을 보고, 흩어진 조각들을 하나씩 하나씩 대입해나가는 데 여념이 없게 될 것이다. 전체적인 윤곽을 세우고, 틀을 잡고, 비슷한 색들을 고르고, 연결 부분을 추리하면서 '내 그럴 줄 알았어'라며 빠르게 척척 꼭 들어맞는 퍼즐을 즐기며 희열을 느낄 것이다.

아마도 그랬을 것이다. 내 말대로라면 도무지 맞춰지지 않는 퍼즐, 상상도 해볼 수 없는 그림. 그러나 그의 말대로라면 훌륭한 구도의 그림이 된다. 그러니 아마 사건을 수사하는 검찰들도 나의 증거를 채택하지 않았던 것은 아닐까.

아무튼 호의를 베풀며 빌려주었던 약값을 받았던 나의 모습은 그들의 그림 속에선 전혀 다른 모습으로 그려져 있었다. 청탁의 대가로 돈을 받고, 그 돈을 형사에게 건네는 사람으로 말이다. 그들의 그림 속에 스민 밤은 정신없이 밀린 업무를 마치고 돌아오던 나의 밤과 달리 아마도 깊고, 스산했을 것이다.

나는 아직까지 내가 제출했던 자료가 왜 재판에 반영되지 않았는지 알지 못한다. 다만 재판이 다 끝나고 억울한 죄 값을 치루고 나서야 훗날 그가 자신의 진술이 위증이었음을 밝힌 것 하나로 나는 내 목을 졸랐던 그 답답함을 조금이나마 상쇄하고 있을 뿐이다. 그때를 생각하면 지금도 난 숨이 쉬어지지 않는다.

정산 종사 말씀하시기를

*
*
*

억울한 경계에도 안분하고 위에서 몰라 주어도 원망이 없으며,
공이야 어디로 가든지 나라 일만 생각하던 이순신(李舜臣)장군의 정신과,
세상 사람이 비겁하게 여길지라도 나라를 위하여는
정적(政敵)을 피해 가던 조(趙)나라 인(藺相如)정승과,
지조 없다는 누명을 무릅쓸지라도
민중을 위하여는 벼슬을 맡았던 황(黃喜)정승의 정신은
공사를 하는 이들의 본받을 만한 정신이니라.

정산종사법어 공도편 5장

과정이 온당해야
결과도 온당하다

비정한 경쟁이 생존의 이치가 되고,

긴장감과 변화라는 활력을 줄 수도 있다.

그러나 자신이 주인이 되기 위해

정당하지 못한 수단과 방법으로 자리를 차지한다면

과연 누가 그 사람을 진정한 리더로 봐줄 수 있을까.

뻐꾸기는 남의 둥지에 알을 낳는다.

뻐꾸기 새끼는 진짜 어미 새의 새끼보다 먼저 태어나,

어미 새가 물어오는 먹이를 독차지한다.

그러다 몸집이 커지면

둥지에 있는 다른 알들을 밖으로 밀어내고

자신이 주인 행세를 한다.

이런 일은 비단 뻐꾸기의 세계에만 한정되어 있는 것은 아니다.

남이 공들여 쌓아 놓은 업적에 슬쩍 숟가락을 얹고, 자신의 공으로 만들어 놓는 사람도 있고, 때론 혁신이라는 이름으로 굴러들어온 돌이 박힌 돌을 빼내며 압박하기도 한다.

물론 이러한 비정한 경쟁이 생존의 이치가 되고, 긴장감과 변화라는 활력을 줄 수도 있다.

그러나 자신이 주인이 되기 위해 정당하지 못한 수단과 방법으로 자리를 차지한다면 과연 누가 그 사람을 진정한 리더로 봐줄 수 있을까.

한번은 정년 임기를 두고 병원 내에서 투표가 있었다.

원래 정년은 60세였지만 5급 이상의 정년을 59세로 1년을 앞당기자는 내용이었다. 투표를 하여 과반이 넘게 되면 노동부에 신고하는 취업규칙을 변경하겠다는 것이었다.

나는 머리를 갸우뚱거렸다. 아니, 왜? 그 1년이 뭐라고. 반드시 1년을 줄여야 하는 이유가 뭐지? 라며 생각의 끝을 잠시 더듬어보자 까슬까슬 걸리는 것이 있었다. 그곳에는 1년을 줄이면 제외되는 사람이 딱 한 명 있었기 때문이었다. 원래 자리에 앉아 있던 그 딱 한 사람을 몰아내야만 그들이 그 자리에 앉을 수 있을 테니 말이다.

결과적으로 나는 반대를 표명했다. 이유는 분명했다.

그들에겐 1년을 줄여서라도 그 시점에 자리를 차지해야 하는 분명한 이유가 있겠지만, 나 같은 사람이 보기엔 합리적이지도, 타당하지도 않은 그저 비열한 명목 만들기에 지나지 않았기 때문이다.

결과는 생각대로 반대쪽이 우세했다. 그렇다면 1년 단축은 시행되지 않아야 한다. 하지만 현실은 늘 생각대로 되지 않는다. 투표라는 민주적인 절차가 무색하게 정년은 단축되었고, 5급과 6급의 시행년도 또한 다르게 설정되었다.

어떻게 가능한 것이 되었을까.

첫 번째 투표에서는 찬성이 32명, 반대가 39명으로 찬성이 과반수를 넘기지 못하고 부결되었다. 때문에 규정을 변경할 수 없었다. 하지만 얼마 안 가서 투표라는 민주적인 절차

없이 찬성자의 의견은 다시 묻지 않은 채 반대했던 사람들 중 4명을 은밀히 만나 회유함으로써 찬성 36명, 반대 35명이라는 결과를 만들었고, 어처구니없게도 그 결과를 적용했던 것이다.

만약 재 찬반 투표를 해야 할 경우라면 전체 직원을 대상으로 처음부터 다시 투표해야 했음에도 말이다.

이 밖에도 문제는 많았다.

우선 정년 변경을 적용하는 시점이다.

5급 이상 대상자는 정년이 59세로 단축되는 시점을 2009년부터 즉각 시행 적용하는 반면, 6급 이하는 58세에서 59세로 연장되는 시점을 2012년부터 시행하도록 규정한 것이다.

사실 보다 많은 사람들에게 기회를 주어야 한다는 점에서는 찬성이지만 시행 시점을 다르게 적용한다는 것은 상식적으로 형평성에 맞지 않는다고 나는 생각한다.

특히 이러한 변경 사항에 따라 당시 정해진 임기를 제대로 채우지 못하게 된 사람은 단 한 사람뿐이었다. 그것은 바꿔 말하면 득이 되는 사람 없이 해를 입힐 단 한 사람을 겨냥한다는 뜻이 된다. 그 생각이 적중했다고 보는 또 하나의 까닭은 이에 해당했던 단 한 사람, 바로 OO처장이 자리에 있었음에도 불구하고 그의 동의는 전혀 묻지 않았다는 것이다.

그랬다. OO처장의 결재도 없이 OO팀장과 OO장의 결재로 진행되었으며, O장에게 상신 결재를 받는 과정에서도 문제점을 지적하고 서류 보완을 지시 받았지만 그들은 보완은커녕 있는 그대로를 법인 OO이사와 함께 직권 상정했던 것이다.

다음은 투표의 절차다.

찬반 투표에 앞서 투명하고 공정하게 구성원의 의견을 모으고 설명회를 하거나 공청회를 열어 정년단축의 의의를 설명해야 한다. 하지만 그러한 절차 없이 부서장이 부서원을 불러 면전에서 의견서에 서명하게 하는 것은 공정한 절차라고 볼 수 없다.

또 하나는 갑작스러운 퇴직의 처리가 법적으로 합당한가이다.

아무런 통보 없이 일방적인 의결로 퇴직을 통보하는 것은 해고와 같다. 때문에 근로기준법 제 31조에 의거하여 '해고를 하고자 하는 날의 50일 전까지는 근로자 대표에게 통보하고 성실하게 협의하여야 한다.'는 법규를 위반한 행위다.

이와 같은 등등의 이유를 따져봤을 때 이는 누가 보더라도 정년단축에 목적이 있는 것이 아니라는 것을 알 수 있다. 바로 한 사람을 몰아내기 위해 교묘하게 부린 술수일 뿐이다.

그런데 문제는 이러한 사안을 놓고 반대를 했던 사람이 바로 나였다는 것이다. 절차야 어떻게 되었든 새로운 정권의 사람들이 자리를 차지하고 앉은 이상 그들의 눈에는 내가 뽑아버리고 싶은 가시였을 것이다.

특히나 나는 그들이 그렇게 제거해버리고 싶었던 '전 정권의 윗라인의 사람'이라는 소문이 있었다고 하니 더더욱 그렇지 않았겠는가.

내가 좋은 자리라도 꿰차고 앉아 그런 소문이라도 났더라면 억울하지도 않았을 것을…….

뻐꾸기 알은 둘째 치고,
내 평생 나는 쌍란도 본 적이 없다.

나는 오늘도 그저 내 앞에 놓인 일만 바라보며 '언제 이 일을 다 처리하나' 고민하는 미련하고도 성실한 일꾼일 뿐이다. 내가 한 만큼 돌아올 것을 믿는…….

나는 과정이 온당해야 결과도 온당할 수 있다고 믿는다. 물론 원하는 결과를 얻기 위해 통하는 길은 수 없이 많겠지만 뭐로 가든 서울만 가면 된다는 그 길에 부도덕한 일들이 벌어지는 것을 본다면 어찌 함께 갈 수 있겠는가. 어찌 함께 가는 길이 즐거울 수 있겠는가.

　진정한 리더라면 나아갈 때를 기다려 나아갈 줄 알아야 하고, 부는 바람을 계산할 줄도 알아야 한다. 그럴 때 리스크를 줄이며 한 발을 나아가더라도 즐거이 나아갈 수 있다고 믿는다. 오늘 나의 땀이, 오늘 나의 눈물이 헛되지 않은 가치가 될 수 있다는 믿음을 줄 수 있다면 비록 그 과정이 지난하다 하여도 거친 흙바닥과 모난 돌 따위도 힘차게 내딛을 수 있을 테니 말이다. 그러나 과정이 온당하다면, 과연 그것은 누구를 위한 행군인 것인지를 우리는 매섭게 돌아보게 될 것이다.

대산종사 말씀하시기를

*
*
*

지혜 있는 사람은
지위의 고하를 가리지 않고 거짓 없이 그 일에만 충실하므로
시일이 갈수록 그 일과 공덕이 찬란하게 드러나고,
어리석은 사람은 그 일에는 충실하지 아니하면서
이름과 공만을 구하므로 결 국 이름과 공이 헛되이 없어지고 마느니라.

대종경 요훈품 22장

진정한 귀는
마음 안쪽의 귀다

나의 대답은 언제나 같았다.

'아니요.

저는 죄를 짓지 않았어요.

저는 무죄입니다.'

"삐삐삐 삐삐삐"

"퇴직자로 등록되어 있습니다."

뭐라고?

순간 나는 귀를 의심했다.

"삐삐삐 삐삐삐"

"퇴직자로 등록되어 있습니다."

'그럴 리가, 내가 번호를 잘못 눌렀나?'

"삐삐삐 삐삐삐"

"퇴직자로 등록되어 있습니다."

같은 말을 되풀이하고 있지만 나는 처음 듣는 외국어마냥 낯선 문장에 놀라고, 뜻을 이해하지 못했다.

어제까지만 해도 잘 열리던 문이 지금은 열 수 없는 문이다. 문은 굳고 무겁게 침묵한 채 마치 벽처럼 서 있었다.

'해임'이었다.

사전 통보도 없던 해임.

'왜 이래? 처음도 아니면서. 알잖아. 여기는 당신이 있을 곳이 아니라고.'

마치 그런 음성이 고막을 때리는 것 같은 환청이 들려오는 듯 했다.

이전에도 나는 어처구니없이 해임을 통보받았더랬다. 내가 위반한 적도 없는 변호사법 위반으로 6개월을 살고 나왔을 때 병원에서는 위로가 아닌 해임으로 나를 맡아주었다.

그때는 이미 면세유업자의 옥중 양심고백으로 나의 죄는 사실이 아닌 것으로 밝혀졌을 때였으므로 나는 해임될 하등의 이유가 없었다. 하지만 그들의 생각은 달랐다. 또한 해임의 절차도 무시한 채 해임을 강행하였다.

기가 막힐 노릇이었다.

누명이 벗겨졌음에도 불구하고 그들은 나의 결백을 여전히 부정하고 있었고, 여전히 그들은 내가 하지 않은 일을 내가 한 일로 확실하게 못 박음으로써 규정하고 있었다.

[갑 제1호중 징계처분 결정통보]

상기인은 익산에서의 학연, 지연, 경력 및 그에 따라 형성된 익산 경찰서 경찰관 등과의 인적, 사회적 관계를 이용하여 공무원이 취급하는 사건인 전OO에 대한 면세유 불법 취득 내지 유통 관련 형사사건에 관하여 청탁을 한다는 명목으로 750만원 상당의 금품을 교부 받은 것으로 그 죄질과 범정이 무거운 점.

(중략)

이 사건과 같은 형사사건 청탁 관련 금품수수 범행은 국가의 공정한 형사사법절차 진행 및 적정한 형벌권 행사를 침해하는 것일 뿐만 아니라 이에 대한 국민의 신뢰를 깨뜨리는 것으로서 지역사회에서의 이러한 부패 내지 청탁의 고리는 엄벌을 통해서라도 반드시 끊어내야 할 필요가 있는 점 및 그 밖의 연령, 성행, 경력, 생활환경, 가족관계, 범행에 이르게 된 동기와 경위, 범행수단과 경과, 범행 후의 정황 등 양형의 조건이 되는 모든 상황을 종합하여 실형이 선고되었던 것입니다.

(중략)

상인은 법률 및 규정에 의하여 형사사건으로 형이 확정된 경우로서 당연퇴직사유이며, 사립학교법 제57조, 교육공무원법 제10조의 4, 원광학원 정관 제83조 1항 3호, 동 3항의 규정을 위반하여 당연퇴직사유에 해당되므로 원광학원 교원징계규정 제5조 4호와 9호 및 동 제6조 등에 관한 규칙을 적용하여 '해임'으로 징계의결합니다.

미치지 않고서야 이럴 수가 없는 일이었다.

하여 나는 부당해고임을 밝히기 위해 세 번의 소송을 걸었다.

지방노동위원회와 중앙노동위원회의에 낸 소송은 나의 주장을 인정하지 않았지만 세 번째 행정심판에서는 부당해고를 보정하라는 최종 판결을 받을 수 있었다.

> 귀하께서는 2012 구합15616 판결(2013.5.2.)에 따라 복직발령 되었음을 통보하오니 2013년 6월 11일부터 원무팀으로 출근하여 주시기 바랍니다.

이와 같은 최종판결을 받기까지 나는 2년을 기다려야 했던 것이다.

그러나 복직 첫날, 나는 원래 내가 일했던 원무팀 응급미수계장 자리에서 면직된 사실을 알았다. 이유는 지방노동위원회와 중앙노동위원회의 소송에서도 응급미수계장으로서 업무수행이 부적절하다는 결론이 나왔기 때문이라고 했다.

이것은 마지막 행정심판에서의 판결을 부정하는 것이었고, 인정하지 않겠다는 것과 같았다. 때문에 나는 면직된 사실에 동의하지 않고, 지방노동위원회에 '부당강등 구제신청'을 제출했다. 그렇게 나는 지난한 과정을 거친 후 복직은 했지만 대기발령을 기다리고 있었던 것이다.

그러니 그들에게 나는 여전히 거슬리는 눈엣 가시였을 것이다.

그들은 틈만 나면 직원들과 외부 사람에게 나를 '면세유를 팔고, 카드깡을 하다 발각되어 병원에서 해고되었던 사람'이라고 서슴지 않고 말하고 다녔다.

나는 참고, 또 참았다. 내 삶의 터전은 익산이라는 지역이었고, 내 모든 청춘을 바쳐 일해 온 곳도, 그리고 그렇게 또 살아가야 할 곳도 바로 이곳이었기 때문이다.

또 어떨 때는 사학연금 담당자를 시켜 '누구누구는 형이 확정되어서 퇴직금도 제대로 못 받았다는데, 이참에 협의하는 것이 어때요?'라며 은근슬쩍 심리를 압박해오기도 한 것이 몇 차례나 되었다. 그럴 때마다 나는 그들이 사직을 강요하고 있다고 느끼곤 했던 것은 왜일까.

나의 대답은 언제나 같았다.
'아니요.
저는 죄를 짓지 않았어요.
저는 무죄입니다.'

하지만 나는 결국 집을 잃었다. 매일같이 내 집처럼 드나들던 그곳, 웃고 떠들며 내일을 계획하던 곳. 그곳을 잃어버렸다. 그 상실감과 허탈감을 누가 이해할 수 있을까.

사실 안타까운 마음은 아직도 나를 괴롭게 한다.

당시 OO학원 징계위원장이신 O산, 징계위원OO원, O산 등 이 분들이 내가 제출했던 징계소명서와 절차의 문제점을 다시 한번 제대로 읽어보시고 사실관계나 공과를 판단하셨다면 이 계속된 불행은 시작되지 않았을텐데... 하는 미련이 못내 채 마르지 않은 우물 물이 되어 바닥을 자꾸만 긁게 하는가 보다. 그럴 때마다 나는 조용히 앉아 드나드는 바람에 몸을 맡긴 채 좌선하는 시간을 갖는다. 이 또한 나에게 마음을 잘 쓸 수 있는 수행의 시간을 주신 것이라 생각하며 감사의 추를 매달아 심연의 끝에 들뜬 마음을 가라앉힌다. 바람을 타고 수면 위로 나뭇잎이 툭하고 떨어져 잔잔한 동심원이 그려진다. 언젠가는 내 마음도 괴로운 무게를 이기고 그렇게 닮아갈 수 있기를 바래본다.

나는 그 이후로 또 다시 지긋지긋한 소송을 네 번이나 이어가야 했다. 계속 되는 똑같은 이야기. 그러나 들리지 않는 이야기.

두 귀는 바깥에 있는 귀가 아니라 마음 안쪽의 귀라는 것을 새삼 깨닫는 시간들이었다.

대산종사 말씀하시기를

＊
＊ ＊

백유(白乳)가 흘러야 된다.

이차돈 성자는 돌아가실 때 백유가 흘렀다.

죽을 때 다른 사람에게 보복심 없이 죽는 아름다운 마음이 있기 때문에

피가 흰빛이 되어 향내가 나는 것이다.

우리가 부득이 죽게 될 때

그 마음에 악한 마음 독한 마음이 없이 평안한 마음으로

감수불보(甘受不報)하는 정신을 갖는다면 그 사람은 반드시

백유가 흐를 것이고 향내가 풍길 것이다.

대산종사법문3집 법훈 302

세상엔 바위로 계란을 치는
사람들도 있다

이참에 나를 완벽하게 제거해야겠다고 작정한 듯,

상상할 수조차 없는 크기의 포클레인을 대동하고 내 앞에 섰던 것이다.

나를 파내기 위해.

혹은 내 무덤을 파서 보여주겠다는 듯.

'돈이란 무엇일까.'

모자라면 곤궁해지고 넘치면 독이 되기도 하는 돈.

때로는 격이 되고 때로는 천박함이 되며,

때로는 자유가 되고 때로는 감옥이 되기도 하는

이 돈의 이중성 앞에서

우리는 어떤 표정을 짓고 있는가.

소태산 대종사 박중빈은 인간의 자유와 평등, 존엄성을 되찾기 위한 길을 '물질개벽과 정신개벽'에서 발견하고, 사실적 도덕적 훈련을 통해 물질과 정신의 조화를 표방한 '개벽종교'로써의 원불교를 창시했다.

나는 원불교를 믿는 독실한 신자로서 총체적 인간의 삶을 일원(一圓)의 정의(正義)를 통해 일깨우려 하는 종교의 가르침에 귀 기울이며, 그 가르침이 생활과 괴리되지 않도록 경계하는 데 힘써왔다. 그리고 그런 수행을 통해 나는 '물질개벽의 돈의 논리'가 '이타적 가치 창출'에 있다고 믿는다.

하지만 나는 보았다. 누구보다 견성의 경지에 이르러 많은 이들에게 모범을 보여야 할 자들이 무소불위의 권력을 꿰차기 위해 법을 어기고, 죄 없는 자들을 죄인으로 만들며, 그 위에 군림하려 하는 것을……. 내가 아무리 그들보다 낮은 자리에 앉아 있는 사람이라 하더라도 이러한 광경을 목도하고 어찌 안타까워하지 않을 수 있을까.

당시 나는 두 번째 해임을 통보받고, 또 다시 소송을 준비했다.

나는 그저 사기꾼의 모략에 빠진 피해자일 뿐이었고, 그로 인해 억울한 옥살이를 해야 했음에도 그들은 내 상황을 빌미 삼아 자리마저 빼앗기 위해 갖은 수를 동원했다.

이참에 나를 완벽하게 제거해야겠다고 작정한 듯, 상상할 수조차 없는 크기의 포클레인을 대동하고 내 앞에 섰던 것이다. 나를 파내기 위해. 혹은 내 무덤을 파서 보여주겠다는 듯.

그들이 나를 대적하기 위해 준비한 법무법인은 수임료만 해도 수 천 만원은 기본인 유수의 전문 법무법인이었다.

기가 찼고, 무서웠다. 수많은 이들을 살려내야 할 병원의 이름으로 나 한 사람을 제거하기 위해 저렇게 공을 들이는 것을 보면 아무래도 내가 알지 못하는 그 무언가가 있는 것이 분명하다는 생각까지 들었다.

이미 변호사법 위반에 관한 재판을 하느라 엄청난 빚더미에 올라 앉아 있었던 나는 앞이 캄캄했다.

어떻게 해야 할 것인가. 나는 밤잠을 이룰 수 없었다.

'원래부터 내 자리는 내 것이 아니었던 것일까. 내가 욕심을 부리고 있는 것인가. 그렇다면 여기서 모든 것을 포기하고 그들이 원하는 대로 조용히 사라지는 것이 최선의 방법일까.'

하루에도 몇 번씩 열이 오르내리고, 잠시 잠이 들었다가도 심장이 멈추는 것 같아 벌떡벌떡 일어나야 했던 나는 그제서야 알았다.

내가 괴로운 까닭은 단순히 엄청난 비용을 감당해야 하기 때문이 아니라 불의 앞에 무릎 꿇으려고 하는 절망감 때문이라는 것을 말이다.

'내가 그토록 믿었던 일원의 정의는 어디 있단 말인가.'

나는 자리에서 벌떡 일어나 무릎을 꿇고 기도했다. 마음을 가라앉히고 어둠 속을 헤매며 구원의 길을 찾았다.

'간다. 나는 가야 한다. 누구나 정의롭고 행복해져야 하는 세계, 그 이상향을 찾아 나는 가야 한다.'

마침내 다다른 생각 앞에서 나는 한동안 고요한 마음이 되었고, 마침내 마음속에 떠오르는 밝은 빛을 보았다.

나는 다시 한번 차근차근 소송을 준비했다. 그들이 몰고 온 포클레인 앞에 손을 흔들며 말이다.

나는 법을 좋아하지 않는다. 법 없이도 살 수 있는 그런 세상이 좋다. 그런 내가 살면서 이처럼 많은 소송을 하게 될지는 정말 몰랐다. 이제는 소송이라면 정말 지긋지긋할 정도로 진절머리가 나지만 그래도 나는 아직 싸움을 포기할 생각은 없다.

변호사법 위반 사건과 부당해고 보정 신청으로 총 10번의 소송. 괜찮다.

빚만 총 5억 여 원. 괜찮다.

나에겐 돈으로도 살 수 없는, 반드시 지켜야 하는 가치가 있기 때문이다.

단지 돈을 잃은 것보다 지금의 나를 더 아프게 하는 것은 돈으로도 살 수 없는 많은 것들을 잃었다는 것이다. 인간에 대한 존엄성, 진리와 정의, 신뢰와 사랑, 그리고 내 사랑하는 가족……

부디 이 모든 것을 지켜내기 위해서라도 불의 앞에 약해지지 않는 내가 될 수 있기를 나는 간절히 바란다.

그리하여 오늘도 난

○

대종사 말씀하시기를

*
*
*

다른 사람을 이기는 것이 그 힘이 세다 하겠으나
자기를 이기는 것은 그 힘이 더하다 하리니,
자기를 능히 이기는 사람은
천하 사 람이라도 능히 이길 힘이 생기느니라.

대종경 요훈품 15장

모두가 알고 그들만 모르는
그들만의 세상

그들만의 세상, 그들만의 무대가 존재한다면
나는 이미 그들의 대본에서는 사라져야 하는
「피해자1」일지도 모르겠다. 아니
그들의 입장에서 이야기한다면
「이용자1」이라고 불릴 수도 있겠지만

'증거도 있고, 알리바이도 있었지만

왜 내 자료는 재판에 반영이 되지 않았을까.'

지금 생각해도 이해할 수 없는 일이다.

'그들이 사람을 매수했다면

면세유업자와 경찰뿐이었을까?'

'재판이 공정했다면 왜

내 이야기는 들으려 하지 않았을까.'

하루에도 몇 번씩 식은땀을 흘리며 억울함에 몸을 떨어야

했을 때, 나는 나와 같은 억울한 희생자는 또 있음을 알게 되

었다.

그는 면세유업자에게 거짓 증언을 유도한 김OO의 사건과

연류 된 형사였다. 오랜 시간 공직자로 살아왔던 그 또한 짜고

치는 또 다른 판의 희생양이 되어 수감되었던 것이다.

그 또한 면세유 사건에 가담하여 돈을 받고 축소해줬다는

이유로 구속되었고, 7개월 만에 보석으로 풀려나 대법원에서

무죄 판결을 받았다고 했다. 하지만 재판 계류 중 구속된 지

한 달 후에 직장에서 해임되었다가 복직되었지만, 정신적인

후유증으로 인해 쉬고 있다고 했다.

아마도 그는 경찰이 되기까지 엄청난 노력을 기울였을 것

이다. 경찰관으로 일하며 자부심도 컸을 터이고, 누구보다 공

직자로서 최선을 다하는 삶을 살고자 했을 것이다. 그런 그의 일생이 한꺼번에 무너졌을 때, 그는 얼마나 억울했을까. 그 심정을 내가 왜 모르겠는가.

동생을 통해 그의 이야기를 들었을 때 나는 마치 나를 보는 듯한 마음에 눈물이 핑 돌았다.

동생이 나를 돕기 위해 그를 찾은 것은 해임을 통보 받고, 소송을 준비할 때였다. 김OO이 어떤 사람인지 증명해내야 했기 때문이다. 동생은 백방으로 수소문을 해 그를 찾았고, 그와 이야기를 나누다 보니 김OO은 특정경제사범으로 분류할 수 있는 상상 이상의 사기꾼이었다.

그는 비분강개했다. 사기꾼도 사기꾼이지만 공정하지 못한 수사를 한 검사를 향해 그는 날카로운 비판을 가했다. 사건의 수사를 평생의 업으로 삼고 있었던 그였기에 검사의 수사가 그림을 맞추기 위한 억지 수사였다는 것을 그는 누구보다 잘 알고 있었을 터였다.

때문에 그는 판사의 잘못된 판결에 대해 잘못을 가려달라는 취지의 청원서를 내고, 당시 사건을 기소한 검사에 대해 내부적 조치를 취해달라는 탄원서를 제출하기도 했다.

그의 노력은 이러한 그들만의 세상을 고발하는 행위로 사회에 파장을 던지며 시선을 모으기도 했다.

누명 벗은 전직경관 "다른 피해자 없게"

[OO=OOO] OOO 기자

비리 혐으로 구속된 후 대법원에서 무죄 판결을 받은 전직 경찰이 구속 당시 재판과 수사에 대해 이의를 제기할 예정이어서 결과에 관심이 쏠린다.

OO OO경찰서 OO팀장을 맡고 있던 OOO씨는 검찰 수사에서 한 업자의 면세유 사건에 대해 돈을 받고 축소해줬다는 이유로 지난해 1월 4일 구속 기소돼 1심에서 징역 1년에 벌금 1000만원과 추징금 1300만원을 선고받았다.

구속된 O씨는 7개월 만에 보석으로 풀려났고 다시 3개월 후 2심 공판에서 무죄 선고에 이어 지난 1월 27일 대법 상고심에서 무죄를 확정 받았다. 하지만 재판 계류 중 구속된 지 한 달 후인 지난해 2월 해직 당했다.

OOO씨는 해당 판사의 잘못된 판결에 대해 잘못을 가려달라는 취지의 청원서를 지난 2일 대법원장에게 우편으로 발송했다.

O씨는 이에 앞서 열흘 전께 대법원 윤리감사과를 직접 방문 청원 접수를 시도했지만 청원서를 작성해 제출하라는 관계자의 당부로 이날 청원서를 우편으로 제출한 것이다.

대검찰청장에게도 대검찰청 민원실을 직접 방문 당시의 사건을 기소한 검사에 대해 내부적 조치를 취해달라는 내용의 탄원서를 지난달 22일 이미 제출했다. 이외에도 O씨는 이미 지난 달 7일 법원행정처에 탄원서를 제출(OOO 2월 10일자 보도)했지만 원하는 답을 받지 못했다.

O씨는 탄원서에서 "한 사람의 모함으로 어이없게 하루아침에 파렴치하고 부도덕한 경찰관이 됐다. 다행히 2심과 3심 재판에서 무고함이 밝혀졌지만 당시 잘못된 재판으로 현재도 고통 속에 살아가고 있다"고 토로했다.

대법원 상고심에서 무죄를 선고받아 이미 누명을 벗은 O씨가 자신의 사건과 관련 각급 사법부에 잇따라 청원을 하면서 지난 사건에 매달리고 있는 것은 자신의 억울한 사정을 알리기보다는 잘못된 재판에 대해 사회적 경종을 울리려는 성격이 강하다.

대법원장에 발송한 청원서에서 "아무리 생각해 봐도 그냥 넘긴다면 후손이나 또 다른 억울한 피해자가 생기지 않는다는 보장이 없어 이 일을 묵과할 수 없다"고 밝힌 것만 봐도 O씨의 입장을 쉽게 알 수 있다.

O씨는 "7개월 여 동안 억울한 옥살이와 해임을 당하는 쓰라린 고통 때문에 화풀이 하는 것이 아니라"며 자신의 주장을 굽히지 않고 있다.

O씨는 "당시 수사나 재판이 객관적이고 과학적인 증거와 이에 부합하는 증인의 진술을 반영했더라면 이런 일이 없었을 텐데…"라며 거듭 하소연했다.

O씨가 이렇게 당시 재판이 잘못됐다며 자신의 입장을 강력 주장하는 것은 2심과 3심 재판에서 반영된 증거자료 등이 1심과 다르다는 판단 때문이다.

그 첫 번째 증거로 검찰이 말하는 뇌물 공여자가 돈을 주었을 당시 O씨의 알리바이는 전화통화 내역이나 식당의 카드계산서 등과 당직 시간에 본인에게 조사를 받던 학생들의 증언이 이를 입증하고 있다는 판단이다.

두 번째로, 전화통화 내역에서 뇌물 공여자가 돈을 건네기 위해 돈을 가지러 간 행적과 청탁자로부터 돈을 받고 본인에게 전화로 만나자고 제의했다는 내용은 모두 통화내역이 없는 점 등을 보아 거짓 진술임이 입증됐다고 주장하고 있다.

또 뇌물 공여자가 수시로 진술을 번복하면서 얼마를 주었는지 제시하는 액수가 불분명하고, 돈의 출처 역시 앞뒤가 맞지 않는데도 이를 뇌물 공여의 증거로 삼는 점을 들고 있다.

각급 사법당국에 1심 재판의 불리한 점을 바로 잡아달라는 O씨의 주장이 어떻게 받아들여질지, 이와 관련 해당 판검사들에 대한 유례없는 소송과 더불어 O씨의 집념이 어떤 결실을 맺을지 법조계 안팎의 시선이 집중되고 있다.

나는 세상이라는 무대에서 어떤 역할로 존재하는가.

그들만의 세상, 그들만의 무대가 존재한다면 나는 이미 그들의 대본에서는 사라져야 하는 「피해자1」일지도 모르겠다. 아니 그들의 입장에서 이야기한다면 「이용자1」이라고 불릴 수도 있겠지만.

어쨌든 그런 나는 여전히 그들의 무대 뒤에서 아직 사라지지 않고, 그들의 뒷모습을 바라본다. 그들은 모르는 나의 시나리오가 아직 남아 있기 때문이다.

언젠가 곧, 무대의 커튼이 닫히기 전 새로운 에피소드가
시작될지도 모르겠다.

정산 종사 말씀하시기를

＊
＊
＊

장기와 바둑에만 수가 있는 것이 아니라 세상만사에도 수가 있나니,
범부는 눈앞의 한 수 밖에 보지 못하고
성인은 몇십 수 몇 백 수 앞을 능히 보시므로,
범부는 항상 목전의 이익과 금생의 안락만을 위하여
무수한 죄고를 쌓지마는,
성인은 항상 영원한 혜복을 위하여 현재의 작은 복락을 희생하고라도
안빈낙도하시면서 마음공부와 공도 사업에 계속 노력하시느니라.

정산종사법어 무본편 38장

희
망

나는
범죄자가 아니다

"형, 괜찮을 거야.

다 잘 될 거니까 너무 걱정하지 말고. 밥 꼭 잘 챙겨 먹고.

형이 살아야 이 모든 것이 잘못됐다는 걸

밝힐 수 있을 거 아니야. 힘내. 제발."

"나는 범죄자가 아니다."

변호사법 위반으로 6개월을 선고받고, 수감되었던 내가 하루 종일 되뇌었던 말이다.

죄수번호를 가슴에 달고, 차가운 수감시설에 앉아서도 나는 현실을 받아들일 수 없었다.

하루 종일 고개를 흔들고, 흔들고 또 흔들어도 떨쳐지지 않는 현실, 나는 콘크리트 벽에 머리를 박고, 누구든 마주치기만 하면 가만 두지 않겠다는 듯 붉은 눈을 치뜨며 세상을 바라보았다. 그것은 분노하는 짐승과도 같은 눈이었고, 영혼을 잃어버린 듯한 몸짓이었다.

이러한 불안정한 정서 때문에 나는 다인실 입실 후 3일 만에 독거 수용방으로 자리를 이동해야 했다. 나는 그 이후에도 다른 수감자들과 말을 섞지 않았다. 그때는 '나는 너희들과 달리 죄를 짓지 않았다.'는 생각으로 분명한 선을 긋고 싶었던 것 같다.

나는 혼자 독방에 앉아 밥도 먹지 않았고, 오직 죽고 싶다는 생각으로 잠도 이루지 못했다. 누가보아도 나는 급속하게 말라갔고, 곧 삶의 끈이 끊어져버릴 것처럼 위태로워 보였다.

눈만 감으면 수많은 사람들의 얼굴이 떠올랐다.

바쁜 업무로 숨 쉴 틈 없었던 응급실 원무팀에 압수수사관들이 들이닥쳤을 때 영문도 모른 채 수군거리던 사람들과 또 나를 믿고 따르던 몇몇의 직원들의 안절부절못했던 모습들….

사실 그 일이 있고난 이후만 하더라도 나는 구속적부심을 받고 풀려났고, 별다른 혐의 없이 일이 무마되는 듯했다. 하지만 면세유업자가 검거됨으로써 나는 다시 소환되어 재판을 받았고, 법정 구속되었다. 변호사법 위반이라는 죄명과 함께 750만 원의 추징금, 그리고 징역 6개월을 선고받게 된 것이다.

아무리 생각해도 이해할 수 없는 일이었다. 아무 잘못도 하지 않았는데 나는 왜 죄수복을 입고, 이름 대신 번호로 불리며, 거리를 활보하는 대신 지금 이곳에 갇혀 있는 것인가.

나로 인해 하루하루 가슴 졸이며 살아가고 있을 가족들의 얼굴이 떠오를 때면 그들에게 몹쓸 죄를 진 것 같아 가슴이 아팠다. 특히 아이들이 걱정되었다. 학교에서 아이들은 어떤 얼굴을 하고 생활하고 있을까. 나의 결백을 알지 못하는 사람들의 시선을 아이들은 어떻게 받아들이고 있으며, 혹시 상처받지는 않을까. 꼬리에 꼬리를 무는 불안과 걱정은 불현듯 '정신을 차려야 한다. 내가 정신 차리지 않으면 모든 것이 무너진다'는 생각까지 다다르게 했다.

수감되고 나서 출소하게 될 때까지 막내 동생은 6개월을 하루도 빠지지 않고 나를 찾아왔다.

동생이 오지 않는 날은 면회가 되지 않는 일요일뿐이었다. 눈이 오나 비가 오나 제발 오늘도 살아있기만을 바라며 모든 일을 뒤로 한 채 나를 찾아왔던 동생이었다.

"형, 괜찮을 거야. 다 잘 될 거니까 너무 걱정하지 말고. 밥 꼭 잘 챙겨 먹고. 형이 살아야 이 모든 것이 잘못됐다는 걸 밝힐 수 있을 거 아니야. 힘내. 제발."

동생은 언제나 나를 다독였고, 불쑥불쑥 죽고 싶다는 생각이 치밀어오를 때마다 내 마음을 진정시켜주곤 했다. 그런 그의 얼굴에는 '형, 제발 죽지 마.' 하는 간절함이 늘 가득했다.

그 덕분인지 나는 시간이 지나면서 차츰 냉정을 되찾아갔다. 나는 없는 살림에 빚을 내서 변호사를 선임했고, 어떻게 해서든 내가 결백하다는 것을 증명해야 한다는 의지는 더욱 결연해져만 갔다.

지금 생각해보면 나의 막내 동생은 부모 같았고, 형 같았던 동생이다. 항상 내게 무슨 일이 생기면 득달같이 나를 찾아와 제 일처럼 걱정하고, 또 무엇이든 도움을 주고자 노력했다.

그런 착한 동생인데 사업만큼은 운이 따라주지 않아 나를 불안하게 하곤 했다. 그래도 나는 늘 동생을 믿었다. 동생 같은 사람이 복 받은 인생을 살지 못한다면 세상은 참 불공평하다고 생각할 만큼 그는 착했고, 정이 깊었다. 그래서 나는 제수씨와 동생의 연을 앞장서 맺어주기도 했다.

그런데 그 동생이 담도암을 선고받았다.

'죽지 말아라, 천관아.'

내가 할 수 있는 일이라고는 동생 몸에 기생하고 있는 병에 대해 알기 위해 고작 인터넷을 검색하다 눈물을 흘리는 일뿐이다.

마음이 너무 아프고, 무겁다. 일도 손에 잡히지 않는다.

세상에 총량의 법칙이라는 것이 존재한다면 부디 그의 인생에는 아직 절반밖에 행복이 차 있지 않다는 것을 기억하고, 나머지 절반의 행복을 채울 수 있는 시간이 허락되기를 간절히 바란다.

'부디 우리 천관이와 제수씨가 상철이와 오래도록 행복하게 살도록 해주십시오.'

오직 기도밖에 할 수 없는 밤, 동생의 얼굴이 마음속에 달처럼 떠오르는 밤이다.

대산종사 말씀하시기를

*
*
*

인간의 힘으로 어찌 할 수 없는 불가항력의 큰 일은
진리에 맡겨두고 내가 할 일은 내 힘껏 다하라.
사경(死境)에 있을 때도 마찬가지로
생사는 나에게 권리가 있는 것이 아니니,
진리에 맡기고 심고나 기도에 정성을 다하라.

대산종사법문 3집 법훈 164

희망을 당길 것인가,
앗을 것인가

그는 자동차 안에서 친구로부터 나를 자신의 사건과 엮어

구속시켜주었으면 한다는 부탁을 받았다고 했다.

이 일만 잘 처리해주면 수형 생활이 끝났을 때

먹고사는 데 도움을 주겠다고 약속을 했다며…….

내가 그의 편지를 받은 것은 출소 후였다.

몸도 마음도 망가질 대로 망가져 있었던 나에게 그것은 새로운 희망이기도 했다.

"아, 안녕하세요. 병원에 등기로 붙인 편지가 한 통 와 있어서 찾아가시라고 전화 드렸습니다. 잘 계시죠?"

"편지요? 어디서 온 편지인데요?"

"글쎄요? 전주교도소?"

누구일까. 전주교도소에서 나에게 등기로 편지를 보낼 사람이 누가 있는지 나는 도통 감을 잡지 못했다.

그렇게 나선 길. 나는 어느새 익숙한 병원 내 길목을 걷고 있었다.

점심때면 동료들과 커피를 홀짝이며 수다를 떨고, 두 번째 계단에 앉아 신발을 고쳐 신고, 겨울이면 미끄러질까봐 종종걸음을 치며 서류를 들고 뛰고, 교당에 드나들던 나의 모습이 곳곳에서 보였다. 참 정겨웠던 나의 집만 같았던 이곳을 나는 하루아침에 이방인이 되어 걷고 있었다.

그렇게 사무실에 도착해 옛 직원으로부터 나는 편지를 전해 받았다. 그리고 나는 편지에 쓰여 있는 이름 석 자를 보고 눈을 비볐다.

그는 나를 함정으로 끌어들였던 장본인, 면세유업자였던 것이다. 떨리는 마음으로 편지를 꼭 쥔 채 조용한 곳으로 자리를 옮겨 조심스럽게 편지를 뜯어보았다.

그것은 한 마디로 옥중에서 쓴 양심고백이었다.

내용을 요약하자면 이렇다.

그는 도피생활 중 한 친구로부터 연락을 받았다고 했다. 그는 병원에서 OOO장을 하는 사람의 수족 역할을 하던 사람이었는데, 나에 대해 알지 않느냐며 물어 오길래 모른다고 하자 김 아무개에 대해서는 알지 않느냐며 중요한 일이니 배산공원 입구 오른쪽 주차장에서 만나자고 했다는 것이다.

그는 자동차 안에서 친구로부터 나를 자신의 사건과 엮어 구속시켜주었으면 한다는 부탁을 받았다고 했다. 왜 구속해야 하는지를 묻자 내가 전 정권의 윗 라인을 타고 있는 인물로 병원의 비리가 담긴 이동디스켓을 가지고 다니며 협박을 하는 등 꼭 제거해야 하는 인물이라고 설명했다는 것이다.

그래서 나를 제거하기 위해 1년 가까이 뒷조사를 했지만 꼬투리가 잡히지 않았다며 이참에 교도소로 보내면, 당시의 비리나 비자금에 대한 이야기를 할지 모른다는 점과 나와 윗 사람들이 연결된 병원의 연결고리를 끊어낼 수 있으니 도와달라고 했다는 것이다.

그렇게 한동안 이야기를 주고받다가 잠시 통화를 한다며

친구가 차 밖으로 나갔고, 그때 검정색 K7 차가 왔으며, 친구가 쇼핑백을 들고 왔을 때 그 차가 떠나는 것을 목격했다고 했다. 친구는 쇼핑백을 자신에게 건네며 △△△장이 가지고 온 돈인데 천만원이니 도피 중 용돈으로 쓰라고 전했다는 것이다. 하지만 자신은 친구끼리 돈을 주고받는 것이 싫다며 옥신각신하다가 그럼 현재 사정이 어려우니 백만원만 빌리는 것으로 하면서 자수를 하든지 잡히든지 진술할 기회가 생기면 꼭 엮어보겠노라 했다는 것이었다. 그때 친구는 △△△장이 이 일만 잘 처리해주면 수형 생활이 끝났을 때 먹고사는 데 도움을 주겠다고 약속을 했다며 '저 양반이 병원의 최고 책임자가 될 거야'라며 다시 한번 부탁을 잊지 않았다고 했다. 그리고 그렇게 헤어진 후에도 검거되기 전까지 수 차례 통화할 때마다 나에 대한 부탁을 해왔다고 했다. 자신은 진작 이 사실을 알려야 했지만 친구와의 의리 때문에 고민하다가 검찰청 계장으로부터 그동안 사회적 약자를 돌보며 살아온 내 삶에 대한 이야기를 들었고, 또 그 일 때문에 직장까지 잃게 된 처지를 전해 들으며 양심 상 자술하게 된 것이니 이것을 근거로 명예를 회복하길 바란다는 뜻을 전하고 있었다.

나는 그의 글을 통해 그 동안 나를 괴롭히고 답답하게 해오던 사건의 전말을 알 수 있었다. 그는 상세하게 모든 것들을 기억하고 있었고, 그런 부분이 매우 신빙성이 있어보였다. 감옥에 있는 사람이 경험하지 않고서는 그날 보았던 차종이 무엇인지, 색깔이 무엇인지 이런 사소한 것들까지 정확하게 알 수는 없었을 테니 말이다.

박 천 천 씨에게.

그간 잘 지내셨는지요. 먼저 정말 죄송합니다. 용서 하십시요.

박선생님에 대한 대법원 기각되어서 형이 확정 되었다는 소식을 들어서 알게 되었습니다.

특히 이번 사고하고는 아무런 연관이 없는데 그런 누명을 쓰셔서 얼마나 아픔이 크시고 고통스러운지 조금은 알것 같습니다.

저에 마음은 이야기를 듣는 순간부터 잠을 며칠째 못자면서 고민에 또 고민을 하다가 늦게라도 사실대로 1심, 2심에서 다하지 못하고 숨기려고 했던 이야기를 말씀드려야 할것 같고 그 당시에는 정황도 없고 다 말을 하지 않아도 그 정도면 상식적인 선에서 박선생님께서 무관하다는 것을 입증되고 밝혀져서 무죄를 받으실 것으로 생각했습니다.

이제라도 숨김없이 말씀드리오니 사실관계를 저에 진술을 기초로 검찰에 고발하셔서 억울하고 모함 받고 조사하여 사건이 만들어진 무관을 밝히시고 재심재판을 청구하셔서 부디 무죄를 받으길 바라오며 이렇게 늦게라도 펜을 들게 된 저를 용서 하세요.

박선생님에 대한 사건 내막의 일부는 2심에서 자술서 1번, 탄원서2번 증인심문(5월9일)1회 등을 한 사실 이외에도 말씀드리지 못한 중요한 부분이 즉 병원측, ○○○ 과 ○○○ (교우) ○○○ 및 기타분들이 연관된 내용과 사실이 있습니다.

다름 아니오라 제가 면세유 관련으로 도피생활을 하던중 2010년 4월경 대학교 병원(○○)에 근무하는 ○○○ 이란 친구가 전화가 왔습니다.

전에 군산 친구들와 친구라 오래전부터 알고 지내던 친구인데 전화가 와서 박 천권을 아느냐고 물어보길래 그런 사람 모른다고 했더니 그럼 ○○○은 아느냐고 물어봐서 안다 왜 그러냐고 물어보았더니 아무튼 한번 만나자고 해서 내가 지금 사건 때문에 도피중이라 그렇다고 하니까 그래도 중요한 일이니 만나자고 해서 익산의 배산공원 입구 모퉁이 주차장에서 차에서 만났습니다. 그 당시에 친구의 차는 오피러스 검정색으로 기억하고 있고 그 친구 차속에서 만났습니다.

○○○의 사건을 설명 하면서 ○○○이 박 천권이가 경찰관에게 자네 사건을 부탁한 것으로 조사를 받았고 박 천권도 체포 압수수색 하여 구속하였으나 영장실질검사에서 불구속으로 석방되었고 경찰에서 더 이상 어떻게 방법이 없다. 사건을 전담한 자네가 도피중이니 검거 되면 다시 사건을 진행하는 것으로 하고 내사종으로 ○○경찰청 ○○○에서 사건을 가지고 있다고 설명해주면서 어차피 ○○○은 자네가 박 천권와 경찰서를 같이 거는 연관시켜서 진술을 받은 상태이니 이런 말을 해서는 안되겠지만 혹여 친구가 장희찬겐지 자수라겐지 이 사건에 진술 할 기회가 오면 어떻게 하든 박 천권을 연관 시켜서 구속을 당하게 하라. 중요 이상의 형을 받게 해야 하니... 꼭좀 도와주게나 하고 부탁을 하길래 내가 왜 그렇게까지 해서 그사람 박 천권을 구속시켜야 하느냐고 물어보았더니 그 친구가 병원에 비러가 있는 이동 디스켓을 가지고 다니면서 협박을 한다고 ○○○장 ○○○ 의 계단에 따서 수사로 이야기를 하였고 ○○불교의 최고 어른인 ○○ 사가 계신데 현재 내가 모시고 있는

○○님과 병원에 ○○○,장 ○○○이 같은 현○○사 라인으로
전○○사라인의 사람들을 제거를 하는데 그 중에 박천천가 한사람으로써
○○건설 사장 자네 알지 그 사람이 재단 이사장을 했는데 박천천가
오른팔이야. 또 자네도 알지 ○○○ 총장 그 사람 검사 노릇을 하는
친구이고 또한 ○○ 어딘가 훈련원이 있는데 거기 원장 사람이고
그 ○○이 박천천을 팀장시켜주라고 ○○ 팀장에게 협박 전화까지 했고
아무튼 그 친구가 여기저기 선·후배 인맥으로 현정권부에서는 꼭 제거해야
하는 최고 위험 인물중에 한 사람이라고 보면 되는거지 대단한 친구가
3년 넘게 무언가 박천천 잘못과 그 밑 사람들의 비리를 찾으려고 즉 ○○건설
사장이 재단 이사장할때 원대 공사를 ○○ 건설에서 다한 것등 기타
여러가지 비자금이랑 비리를 찾으려고. ○○장, ○○팀장, ○장 까지
박천천의 뒷조사를 1년여 동안 했지만 찾게 없자 그 친가가 데리고 있는
직원을 줄에보고 출장갈때 감사도 해보고 꼬투리를 잡아보려고 해고
장치자가 않았는데 마침 이런 일이 생긴건데 어떻게 ○○팀장이 내가
자네가 친구지를 알아냈는지 모르겠어... 이렇게 이야기를 했고 그래서
내가 경찰조사 내용들은 어떻게 알아내서서 정확히 알고 있는거냐고
물어보니까 총무팀 직원중에 경찰청에 친구가 있는데 그 친구 선배인지
후배인지가 ○○ 지청에 구이 호에 ○○ 계장으로 있고 ○○팀장 고향친구가
○○○'에 직원으로 근무하고 있어서 다 알아본 사항 같다고 말하더라고요.
박천천를 그래도 그렇게 하는 것은 너무한 것 아니냐고 제가 다시 ○○○
친구에게 묻자. 그 친구는 전일 ○○○○○○ 수축으로 ○○○ 은

○○건설 윤사장 작은아버지이고 ○○○ 촌장의 아들이 혜어온 사연을

하는데 ○○건설 공사에 전적으로 납품을 하고 ○○에 있는 효선원

원장하고 같은 라인으로 전○○사의 지금의 친구였던거 같은데 박천권가

나년동안 최측근으로 비자금 관리를 했을텐데 아무런 전량이

없다는거야. 아무튼 대단한 친구야 그 큰 병원을 나년동안 운영하면서

비자금이 없이 운영되있다는게 이해가 되겠는가... 그래서 어려욱 제거하여

교도소를 보내면 그 당시의 비리나 비자금 상황에 대하여 이야기를 할지

모른다는 점와 박천권와 그 윗사람들와 앞으로 병원에 연결고리를 끊어

내려고 하는것 같아 나도 좀 안타깝지만 나도 봉급쟁이가 별수없어...

자네가 나좀 도와주게... 그러면서 ○○○ 친구가 어디서 걸려온

전화를 받으러 차 밖으로 나가서 통화를 한후 얼마후 검정색 K 세은이

도착하자. ○○○ 이 그차에 10여분 동안 다녀오면서 쇼핑백을 가지고

온후. 그 차는 그 자리에서 떠났습니다.

  ○○○ 친구는 쇼핑백을 저에게 건네면서 ○○ 팀장이 가지고온 돈인데

천만원이니 도피중이니 용돈으로 쓰라고 주길래 무슨 소리이냐 친구간에

돈을 받고 싶다고 하자 육신각시 실랑이가 계속 되었습니다.

결국에 제가 그럼 내가 지금 여러가지로 어려우니까 백만원만 친구한테

빌리는 것으로 하고 나중에 갚겠네. 하면서 만원짜리로 된 백만원 뭉치

하나만 받고서 박천권 부분은 ○○○ 이 어떻게 진술 했는지 확인 해보고

후. 자주를 하던 참회던지 진술기회가 있으면 그렇게 자네나 ○○팀장

○○.장 자네가 모시고 있는 ○○님을 위해서라도 꼭 그렇게 묶어 보겠네

그렇게 말하자 ○○○ 친구가 곧방 ○○팀장이 가면서 이 일만 잘 해주면 수형생활 끝나고 나오면 여러가지로 먹고사는데 도움이 될수 있도록 해주겠다고 나에게 약속 하셨네. 그러고 믿어도 되네 저 양반이 곧 명진에 최고 책임자가 될거야 하셨네 그러고 한마디로 무소불위에 권력을 가지게 되는거야 내가 모시고 있는 ○○·○○님 께서는 저 양반 말만 듣고 경정하시니까 알았지 부탁하네、꼭 기러되면 박 친친을 꼭 교도소로 보내야 하네、그렇게 이야기 한후 헤어 졌읍니다.
그 이후에 수차례 검거되기전인 몇 개원 전까지 통화하였고 통화 때마다 박 친친써 구분을 부탁하였읍니다.
이런 사실을 진작 말씀드려야 했는데 그 친구와 의러 때문에 고민하다가 박 선생님께서 직장까지 그만두어야 하는 처지에 있다는 이야기과 박선생이 세상을 살아오신 이야기를 경찰청 ○○○ 계장으로 부터 듣고 봉사와 사회적 약자를 위하여 회생하시고 살아온 분이 더 이상 직해를 보시면 안될것 같고 저에 가정과 비슷하게 대학생이 둘이나 되시는 가장이 하루 아침에 모함으로 인하여 삶에 터전을 잃어버려서는 안된다는 마음속 곳에서 나모는 양심에 소리에 더 이상 가만 있을 수가 없어서 이렇게 좋은 사람 근거라와 자술하고 말씀드리오니 꼭 저는 처벌을 받아도 좋으나 검찰에 고발하시어서 그 사람들에 치밀하게 계획된 사실들을 하나 하나 낱낱하게 밝혀 내시어 다시 직장생활 하시고 잃어 버렸던 명에도 예전같이 회복은 되지 않겠지만 꼭 명예 회복 하시길 주제 넘게 빌겠읍니다.

전에 사건은 그 글에서 밝혔듯이 ○○○ 이 ○○○ 을 통하여 당시 ○○서장 ○○○ 와 전에 조사당일 ○○○ ○○○ 과 ○○서장실에서 같이 배석하였던 ○○○ 경무과장이 처리 한게 분명 맞습니다.

○○○ 은 ○○○ 에게 건네지게될 돈을 ○○○ 이 ○○○ 에게 전달시 같이 있었다고 증언한것만 보아도 분명 맞습니다.

○○○ 이 박선생님에게 전에 사건 청탁으로 돈을 주었다면 저와 ○○○ 이 같이 갔음에도 둘을 배제하고 몰래 주었다는 것은 어불성설 입니다.

끝까지 밝혀내셔서 죄를 벗으시길 간곡하게 원합니다.

즉 ○○○ 의 진술교사와 ○○○ 친구가 ○○팀장 ○○○ ○○○ 친구의 상사인 ○○○○님의 진술교사 부탁을 받고서 나에게 진술교사을 간곡하게 요청하여 이렇게 허위진술을 한 것이며 또 한가지는 조사 당시 ○○○ 검사와 ○○○ 계장은 ○○○ 과 저에게 가족특별 면회 수차례와 검찰청 전화를 조사중에 수시로 사용하게 해 주었으며 수차례 담배까지 피울수 있게 한 사실이 있습니다.

이 또한 겁거되어 심리적으로 압박을 받고 있는 저로서는 선택의 폭이 그리 넓지는 않았습니다.

이런 검사님과 수사계장의 배려 또한 이번 사건의 허위진술을 하는 계기중에 한 부분이라고 생각 되오니 이부분 또한 대 검찰청에 고발하셔서 진실을 밝히시는데 도움이 되셨으면 합니다.

검찰청 면회. 전화. 담배등은 저 말고도 증인 해줄 분이 많이 계십니다.

이 사건으로 검찰 조사가 되면 제가 증인들을 밝히겠습니다.

박 선생님 제발 저는 어떤 처벌도 감수하겠습니다.

철저하게 준비하셔서 꼭 진실을 밝히시고 직장에 꼭 복직하시길

기원 드리겠습니다.

정말 다시 한번 엎드려 사죄 드리오며 다시 태어나면 꼭 죄를

씻을수 있도록 하겠습니다. 부디 건강하세요

　　　　　2011. 8. 22

　　　　전주교도소에서. 죄인 ○○○ 올림

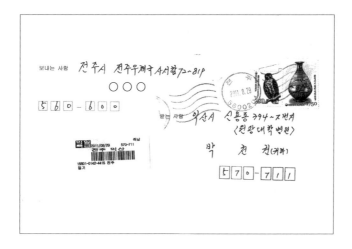

결국 변호사법 위반은 누가 한 것이란 말인가.

청탁을 한 것은 내가 아닌 그들이다. 청탁의 대가를 건넸던 것도 그들이었고, 청탁의 대가를 건네기 위해 경찰서에 모인 사람들도 내가 아닌 그들이었다.

그럼에도 불구하고 나는 하루아침에 범죄자가 되어 손가락질을 당해야 했고, 사람으로 태어나 갈 곳이 아닌 교도소에서 6개월을 살아야 했으며, 가정은 파탄 나고, 아이들에게 상처를 준 아버지로 남았으며, 직장까지 잃어야 했다.

그래도 나에겐 희망이 생겼다. 때가 늦은 양심고백이었지만 그 용기가 내게는 살아갈 수 있는 힘이 되었고, 버텨야 할 이유가 되었던 것이다.

나를 함정에 빠지게 하고, 나를 다시 살게 했던 한 사람.

처음엔 그토록 내 가슴에 지옥불을 당겨주더니 어느새 희망의 불씨를 놓아준다. 참 아이러니하지 않을 수 없다.

그러고 보면 그 사람이 누구든 내게로 온다는 건 실로 엄청난 일인 것이다. 누군가를 죽이는 것도, 누군가를 살리는 것도 모두 사람이기 때문이다.

우리는 과연 어떤 사람이 되어 어떤 사람의 인생에 어떻게 작용하게 될 것인가.

사람이 온다는 건

실은 어마어마한 일이다.

그는

그의 과거와

현재와

그리고

그의 미래와 함께 오기 때문이다.

한 사람의 일생이 오기 때문이다.

부서지기 쉬운

그래서 부서지기도 했을

마음이 오는 것이다.

그 갈피를

아마 바람은 더듬어볼 수 있을 마음

내 마음이 그런 바람을 흉내 낸다면

필경 환대가 될 것이다.

|

정 현 종 「방문객」

대종사 말씀하시기를

*
*
*

사람이 말 한 번 하고 글 한 줄 써서도
남에게 희망과 안정을 주기도 하고 낙망과 불안을 주기도 하나니,
그러므로 사람이 근본적으로 악해서만 죄를 짓는 것이 아니라
죄 되고 복 되는 이치를 알지 못하여
자신도 모르는 가운데 죄를 짓는 수가 허다하니라."

대종경 요훈품 36장

이방인은
없다

처음부터 발생된 오류로 인해 잘못 분류되어진 나는

철저한 이방인으로 남고 싶었다.

때문에 누군가와 말도 섞지 않았고,

그들에서 시선조차 던지지 않았다.

"여기, 잘 때 사용해보세요."

누군가 건넨 물병에는 따뜻한 물이 들어있었다.

봄기운이 살짝 느껴지는 2월이었음에도 냉기가 그대로 올라오는 바닥에 누워 잘 때면 그곳은 여전히 한겨울이었고, 그나마 따뜻한 페트병을 끌어안으면 얼었던 몸이 녹는 것처럼 훈훈해졌다.

사람들은 그 척박한 환경에서도 나름대로 살아가는 방법을 터득하며 적응하고 있었던 것이다.

처음에 나는 그것마저 거부했다. 처음부터 발생된 오류로 인해 잘못 분류되어진 나는 철저한 이방인으로 남고 싶었다. 때문에 누군가와 말도 섞지 않았고, 그들에서 시선조차 던지지 않았다.

하지만 내가 살아남지 않으면 모든 것이 그대로 누락되어질 것이라는 생각이 들면서 차츰 정신을 차리고, 오랜 좌선과 침묵 끝에 나에게도 그들을 조금씩 받아들일 여유가 생겼다.

처음엔 안부를 물어오는 사람들에게 낮고 짧게 응답을 하고, 뒤이어 한 두 마디 말을 섞기도 하면서 나는 차츰 안정을 되찾아 갔다.

그러면서 나는 그곳에 있는 모든 사람이 잔인한 범죄자들이 아니라는 것을 알아갔다. 어떤 이는 가족을 지키기 위해 위협하는 사람들을 막으려다 우발적인 실수로 죄를 짓게 되었고, 또 어떤 이는 현대판 장발장처럼 소소한 절도 행위를 저지르고 수감된 사람도 있었다. 줄을 세워 놓고 보면 똑같은 범죄자처럼 보이지만, 속을 들여다보면 상황이 사람을 이렇게 만들었구나 하는 안타까운 이유도 수두룩했다.

그러다 보니 험악해 보이기만 하던 모습도 이웃집 철수처럼 보이고, 사람 등이나 쳐 먹을 것만 같이 간사하게 웃는 것 같은 모습도 뒷집 길동이처럼 보였다.

그들은 비가 오거나 날이 추울 때면 몸이 좋지 않은 동료 수감자들의 안부를 묻고, 수감자 중 생일을 맞이한 사람이 있으면 자신이 아끼던 물품을 나누어주기도 했다.

많은 사람들이 그랬지만 나 또한 그곳에서 법을 공부하는 것으로 대부분의 시간을 보냈다. 재판을 통해 양형을 줄이거나, 나처럼 결백함을 증명해내기 위해서였다.

열심히 공부를 하고 나면 나는 가끔 갈증 같은 것이 일곤 했다. 물을 벌컥벌컥 마셔보기도 하고, 어디선가 구한 껌을 질겅질겅 씹어보기도 했지만 그것은 좀처럼 내가 원하던 것이 아니었다.

그때 가끔 나는 어머니의 김치찌개가 생각이 났다. 유독 김치찌개를 잘 끓여주시곤 했지만 나는 어머니의 김치찌개를 좀처럼 먹지 않았다. 맛이 없어서가 아니라 그냥 이유 없이 손이 잘 가지 않았더랬다.

참기름에 돼지고기와 썬 김치를 넣고 달달 볶아 칼칼한 고춧가루를 넣고 감칠맛 나게 끓인 어머니의 김치찌개. 모락모락 김이 피어오르는 따끈한 쌀밥에 김치 한 잎을 포옥 감싸 한 입에 넣고, 뜨끈한 국물까지 떠먹으면 속이 확 풀어지곤 하던 그 김치찌개가 언젠가부터 그냥 싫었다. 왜 그랬을까?

나는 장남이 아니었지만 장남 같은 아들이기도 했다. 집안의 대소사를 챙기는 것은 물론 부모와 형제들에게 무슨 일이라도 생기면 내가 나서서 처리를 하곤 했다.

'이번에 누가 결혼을 한다더라', '지붕을 좀 고쳐야겠는데…….', '이달 전기세가 너무 많이 나온 것 같아.' 등등 그런 말이 나올 때면 나는 늘 당연한 나의 일인 것처럼 지갑을 열었고, 직접 달려가 일을 보곤 했다. 그러다 보니 어머니에게 나는 든든한 기둥 같았을 것이다.

"김치찌개 하려는데 먹고 가."

어머니는 늘 집안에도 들어가지 않고 대문 앞에서 드릴 것만 드리고 돌아가는 아들에게 말씀하곤 하셨다. 그럴 때마다 나는 '먹어도 그만, 안 먹어도 그만인데 뭐 하러 또 고단한 몸을 움직이시려나.' 하는 생각에 무뚝뚝하게 발길을 돌렸다.

내 성격은 무뚝뚝했다. 집안에 도움이 필요할 때면 한 번도 싫은 내색하지 않고 일을 봐주곤 했지만 나는 한 번도 부드럽게 말을 건네거나 살가운 표현을 하지는 않았다. 그저 나의 처신이 마음을 대신해줄 것이라고 생각했던 것 같다.

아마도 내가 어머니의 김치찌개를 먹지 않았던 것 또한 연로한 어머니가 아들을 먹이기 위해 또 안 해도 되는 고생을 자처했을 모습이 그려졌기 때문일 것이다.

"형님, 형님이 살아생전에 어디서도 맛보지 못한, 아~주 맛난 걸 준비했는데, 한 번 드셔보시겠습니까"

도통 입맛이 없다는 말에 함께 수감생활을 하던 어린 청년이 건네던 말이었다.

그는 잔뜩 상기된 얼굴로 컵라면과 소시지를 내밀며 웃고 있었다. 그에겐 귀한 영치금으로 구매했을 물건이었다.

그는 익숙한 듯 어디선가 구해온 따뜻한 물을 컵라면에 붓고, 칼이 없으므로 컵라면 뚜껑을 접어 소시지를 썰어 넣고는 라면이 익어갈 때까지 노래를 흥얼거렸다.

"형님, 형님, 어때요. 냄새가 기가 막히죠?"

어느새 익숙한 라면 스프 냄새와 소시지의 풍미가 한데 얽혀 코끝을 자극하며 피어올랐고, 우리는 누가 먼저랄 것도 없이 한 젓가락 입에 넣고는 기가 막히다는 표정을 지었다.

나는 그때 맛보았던 컵라면 맛을 어머니의 김치찌개만큼이나 잊을 수 없다.

다행히도 어머니는 그런 아들을 알지 못하시리라.

그것은 내가 수감이 되었을 때 부모님이 충격을 받으실 것을 염려해 멀리 출장을 가게 되었으니 얼마간 찾아뵙지 못할 것이라고 말해두었기 때문이다.

사실 나에게는 또 하나의 부모님이 계신다. 미국에 계신 나의 양부모님이다.

인연이 시작된 것은 젊은 시절 한방병원에서 일하며 중국 남경대학과 자매결연을 추진하고 있을 때였다. 당시 양부모님의 큰 아들이 침구사로 박사과정을 취득하는 길을 찾고 있었고, 나는 한방병원에서 모시고 있던 어른의 소개로 이들을 중국남경대학교와 연결해주었더랬다. 그때 나를 좋게 봐주시던 어른들께서는 나의 친아버님과 상의 후 정식으로 양아들로 입양해주셨고, 좁은 우물 안 개구리처럼 살던 내 삶을 더 넓은 세계로 이끌어주시곤 했다.

인연이란 무엇일까. 피를 나눈 부모와 형제가 아니어도 한번 맺은 인연의 영향력이란 참 엄청나다. 비록 멀리 떨어져 있어도 전화 한 통에 그리움은 울컥거리고, 만나면 반갑고, 잘 있었는지, 몸이 상한데는 없는지 늘 살피는 마음을 얻는다는 것은 참으로 엄청난 기적같은 일이라는 것을 나는 잘 알고 있다.

출소 이후 그간의 내 사정을 알게 된 양부모님과 동생들은 나를 위해 눈물을 흘렸고, 나는 따뜻한 걱정과 위로 속에서 내 생에 이방인으로 남을 것인가, 아닌가는 스스로하는 선택의 몫이라는 것을 절실히 느낄 수 있었다.

대종사 말씀하시기를

*
*
*

자기 가정에서 부모에게 효도하고 형제간에 우애하는 사람으로
남에게 악할 사람이 적고,
부모에게 불효하고 형제간에 불목하는 사람으로
남에게 선할 사람이 적나니,
그러므로 유가에서 '효(孝)는 백행(百行)의근본이라.' 하였고,
'충신(忠臣)을 효자의 문에서 구한다.' 하였나니,
다 사실과 부합되는 말씀이니라.

대종경 인도품 11장

산 자에게
죽은 자의 침묵이란

침묵은 무엇인가.

무책임한 방치인가.

무기인가.

오랜 시간 절정의 말 한마디를 위해

참고 참았던 그 시간들은 나의 무기였지만

죽은 자의 침묵은 살아남은 자가 감당해내야 하는

공포가 되기도 한다는 것을 나는 그때 새삼 느끼고 있었다.

가끔 나는 잔잔히 흐르는 강물을 넋 놓고 바라볼 때가 있다. 한참을 강물과 마주하고 있으면 더 또렷하게 들리는 사람들의 소리. 아마도 강물의 고요함이 사람들의 목소리를 증폭시키는 것일 테다.

아이는 울고, 어른은 달래고, 철새들은 석양 위로 날아가는 이 고즈넉해 보이는 하루. 오늘은 저 강물이 흘러온 역사의 어느 날 즈음이 될까. 이곳에 내가 있다는 것을 기억하기는 할까. 밤이 이슥해지도록 나는 그곳에 서 있었다.

피로 얼룩진 대지를 씻어내고, 그 위에 꽃을 피우고, 변화무쌍한 계절의 사소한 시샘 속에서도 그저 온 몸의 귀를 활짝 열고 '읊어라. 울어라. 토하라' 하며 사람들의 등을 다독였을 그 강물이 오늘은 나의 등을 토닥이고 있다.

하지만 토해내고 싶은데, 토해내어야 살 것만 같은데, 말보다 절망의 그림자가 목구멍을 가로막는다. 어쩌란 말인가. 어떻게 하란 말인가. 나는 오래도록 강물의 수면 위에 절망을 게워내기 위해 안간힘을 쓰고 있었다.

'어떻게, 어떻게 그럴 수 있단 말인가. 이 불쌍한 사람아!'

그날 오전, 천청벽력과도 같은 소식을 들어야 했던 나는 하루 종일 이 말밖에는 다른 말을 꺼낼 수가 없었다. 바로 옥

중 양심고백을 했던 그 면세유업자, 수감생활을 마치면 자신이 직접 내 재판의 증인이 되어주겠다는 약속을 했던 그 사람이 죽었다는 것이었다.

지인으로부터 그 소식을 전해 들었던 나는 한동안 자리를 뜨지 못했다. 나는 증인이 되어주겠다는 그의 말만 철석같이 믿으며 희망에 부풀었는데, 순식간에 나는 어둠 속으로 추락하는 기분이 들었다.

"왜? 왜요? 도대체 왜?"

"글쎄요. 아마도 생활고를 이기지 못했던 것 같아요."

그랬다. 그는 출옥 후 생활고를 이기지 못하고 방에 연탄불을 피워 놓고 죽었던 것이다.

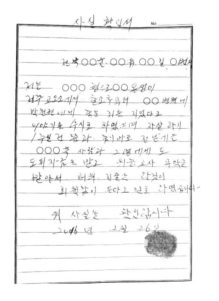

그의 고향으로 내려가는 내내 깊은 한숨을 몰아쉬며 나는 그를 원망했다. 아니 안타까워하기도 했다가, 또 화가 치밀어 오르기도 했다가, 슬픔에 잠식되기를 번복하고 있었다. 나는 그 양면의 칼날에 가슴을 내놓고 이래도 저래도 상처만 깊어지는 시간을 보내야 했다. 그리고 마침내 나는 그의 고향 지인을 통해 그가 진짜로 세상을 떠났음을 확인하며 또 다시 허탈함에 고개를 숙여야 했다. 죽은 자는 말이 없고, 살아내야 할 날들이 많은 나는 막막하기만 했다.

  집으로 돌아왔을 때 나는 보았다.

  불 꺼진 방, 온기를 잃은 의자, 말라버린 화분, 맛을 잃은 접시, 시간을 잃은 시계, 열린 적 없는 책상 서랍. 그곳은 어제까지 내가 살던 집이었지만, 오늘은 침묵만이 가득한 나의 무덤처럼 느껴졌다. 일순간 나는 공포를 느끼며 온 집 안의 불들을 모두 켜고 다녔다.

  환한 불빛, 그럼에도 불구하고 정적만이 휩싸인 그 공간에서 나는 여전히 혼자였다.

  침묵은 무엇인가. 무책임한 방치인가, 무기인가. 오랜 시간 절정의 말 한마디를 위해 참고 참았던 그 시간들은 나의 무기였지만 죽은 자의 침묵은 살아남은 자가 감당해내야 하는 공포가 되기도 한다는 것을 나는 그때 새삼 느끼고 있었다.

  하지만 나에겐 그가 죽기 전 남겨준 탄원서와 편지가 있었다. 나는 오랜 기다림 끝에 책상 서랍을 열고, 그에 대한 기억을 꺼내들었다.

여전히 그는 진심을 다해 나에게 사죄를 하고 있었고, 나는 그제야 그를 조금이나마 용서할 수 있었다.

존경하는 재판장님,

다시는 재판장님께 글을 안 올릴 줄 알았는데 다시 펜을 들었습니다.

먼저 오늘 재판장에서 판사님의 용안을 뵙고 오니 마음이 더더욱 편안해졌습니다. 감사드리고 열심히 살겠습니다.

이렇게 펜을 든 이유는 판사님께서 이 내용을 정확히 아셔야 하기에 한치의 가감 없이 아뢰고자 합니다.

저는 4월 4일 OO검찰청 OOO호 검사실에서 위증죄로 피의자 심문조사를 받고 왔습니다. 이 과정에서 잊고 있었던 이야기를 기억해내었기 때문에 지금부터 하는 이야기는 먼저 쓴 자술서에 빠져 있음을 먼저 알리고자 합니다.

먼저 중요한 이야기가 빠진 것은 제가 허위로 진술하게 된 가장 큰 이유입니다. 당시 죄인의 입장이었던 저는 그들의 제안에 솔깃했던 것이 사실입니다. 그들은 제가 검찰청에서 조사를 받거나, 법정 대기실에 있을 때 말하곤 했습니다.

'너의 검사 구형을 OOO검사에게 말을 해서 2년을 받도록 해주겠다. 그러니 조사를 잘 받고 협조하라.'고 말입니다.

이제 다시는 죄 없이 살겠다고 아들과 다짐했던 저는 더 이상 양심을 속일 수 없었기에 어제 검찰조사 과정에서 이러한 모든 사실을 다 말씀드렸습니다. 그랬더니 검사님 수사계장님 두 분 다 웃으며 'OOO 그 사람 큰일 날 사람이네'라고 말씀하시더군요. 저는 조사를 받기 전에 1시간 정도 수사계장과 이야기를 나눈 후에 조사를 받았습니다.

먼저 위증죄와 관련된 조사를 받았습니다.

저는 '죄가 있으면 당연히 처벌을 받아야죠.'하고 박천권씨와 관련된 거짓 진술이 잘못됨을 인정하고 하나하나 조사에 응했습니다.

조사 내용 중 중요한 사항만 정리한다면

「박천권과 경찰서를 간 사실이 전혀 없으며」,

「박천권을 만난 사실도 없고」,

「박천권을 경찰서 사무실에서 보았다 했는데 그 내용 역시 거짓진술」 입니다.

또한 OOO이 수표와 기프트 카드를 박천권에게 전달했다는 내용도 사실이 아님을 솔직하게 말씀드렸으며 더불어 청탁 명목으로 검찰에서 조사받은 사항 또한 거짓 진술이었음을 말씀드렸습니다.

사실 저는 교도소에 구속되고 나서 이틀 후, 가족이 면회를 왔을 때 면회 대기실에서 OOO를 만났습니다. 그 이후로도 OO검찰청에 가는 버스 안에서, 또 교도소 변호사 접견장소 대기실에서 그를 만났습니다. 저는 이렇게 세 번의 그와 만났고, 그가 흘려주는 이야기를 들으며 그때마다 혼란스러웠습니다.

「박천권과 같이 동행해서 경찰서에 갔다.」

「박천권에게 기프트 카드와 수표를 주었다.」

「OOO과 OOO서장 부분은 이야기를 하지 말아야 너와 내가 보호를 받을 수 있다.」

「자신이 조사받은 내용을 본인 검찰 조사 시에도 적용해야 우리 모두 조용하게 끝날 것이다.」 등의 이야기였습니다.

변명 같지만 저는 그 당시 면세유 사건과도 연류 되어 있었기 때문에 저의 거짓 진술이 탄로가 나면 재판에 좋지 않은 영향을 미칠 것이라고 판단했으며, 또 그가 2년의 구형을 받게 해 줄 것이라는 말에 솔깃했습니다. 그러다 보니 검찰조사의 시작부터 끝까지 거짓진술을 이어가게 되었으며, 지금에서야 글로나마 저의 양심을 고백하게 된 것입니다. 죄송합니다.

이렇듯 숨김없이 진솔하게 진술하게 조사를 받고 나니 한결 마음이 가볍습니다. 물론 한 사람을 그렇게 만들었던 부분에 대하여 죄가 있다면 당연히 벌을 받아야 할 것입니다. 또한 도덕적으로도 죄가 있다면 달게 받겠습니다. 그래야만 언제든 떳떳하게 살 수 있을 것 같으니까요.

조사를 마친 후 검사님께서 조사 내용을 다 읽어보신 후 '이 모든 게 사실입니까?' 하고 물으셨습니다. 그에 제가 '네' 하고 대답을 하자, 검사님께서는 '박천권씨 장래에 큰 실수를 한 것 아니냐' 하시며, 국가적으로는 세금 낭비를 했고, 검찰의 신뢰가 땅에 떨어졌으니, 당신 정말 나쁜 사람'이라고 말씀하시고는 점심식사를 하러 나가셨습니다.

또 OOO 조사계장도 수사과정 중 이러한 말씀을 남기셨습니다.

'당신과 수사계장이 박천권씨를 그렇게 만든 게 아니냐.'

'당신 말만 듣고 기소를 했는데, 이제 와서 이렇게 하면, 답답하다 답답하다.'

'검찰, 검사, 조사계장을 박천권씨가 죽이고 싶겠다.'

'박천권씨가 김OO 수사계장과 당신을 얼마나 미워하고 증오하겠는가.'

'기프트 카드와 수표를 약값으로 받았다는 박천권의 말이 맞았다.',

'김OO은 대법원에서 경찰관 3명이 무죄가 났는데도 1심 재판부에서 증언 반복하고 있는데 그 사람을 어떤 재판부에서 증인으로 믿고 인정하겠는가.'

'박천권씨가 교도소 천장에다 머리를 박고 죽고 싶은 심정이다.'

등의 이야기를 하셨습니다.

또한 박천권에 대한 서류를 받아 검토해보니 그는 소록도 나환자 봉사활동을 꾸준히 해왔으며, 자신의 봉급 중 10%를 사회적 약자에게 기부하고, 지금까지도 꾸준하게 봉사활동을 지속적으로 해온 사람으로서 요즘에 이렇게 올바르고 반듯하게 사는 사람이 드문데, 참 안타깝고 미안하고 답답하다고 말씀하셨습니다.

오죽 답답하면 이런 말씀을 하셨을까요. 본인들도 이것은 잘못된 거라고 생각이 드는 것 같습니다. 그리고 저는 이와 같은 모습을 보고도 어떠한 말도 할 수 없었습니다.

4월 5일, 저는 교도소에서 재판을 받기 위해 차를 타는 순간 박천권씨의 모습을 잠깐 보았는데 저는 그의 얼굴을 똑바로 볼 수가 없었습니다. 죄인의 입장으로 이렇게 다시 글을 쓰게 된 것은 이러한 사항을 재판장님께서 꼭 아셨으면 하는 바람입니다.

얼마나 양심의 가책을 느꼈으면 당시 체포 압수수색 구속수사를 담당했던 조사 계장이 조사 전후 이러한 말들을 했겠습니까.

저는 이러한 수사계장의 이야기를 한 치의 거짓 없이 서술하고자 합니다. 또한 조사를 맡은 검사님 말씀도 사실이고요. 저 또한 위증죄로 조사를 받은 것도 사실입니다.

존경하는 재판장님.

OOO계장 말씀대로 저와 김OO, OOO 등 몇몇 사람은 올바르게 세상을 살아온 박천권이라는 사람을 하루아침에 땅바닥으로 떨어뜨려 버렸습니다. 이제라도 하루 빨리 진실이 밝혀져 늦었지만 그가 가정과 직장의 품으로 돌아가서 더더욱 열심히 살아갈 수 있도록 배려하여 주시길 죄인 제가 간곡하게 부탁드립니다. 저의 모든 잘못을 용서하여 주시고요.

판사님, 항상 건강하시고 내내 편안하십시오.

이 죄인이 나중에 원예자격증을 따면 판사님께 감사의 편지와 함께 자격증을 보내드릴게요. 건강하세요.

죄인 OOO (올림)

범법자였지만 양심에 귀 기울일 줄 알았던 자. 자신의 잘못을 뉘우치고 인정함으로써 새로운 사람이 되기를 희망했던 자. 그러나 이 모든 것이 물거품이 되어버린 지금, 죽은 자는 말이 없다. 다만 그가 나를 위해 남긴 이 탄원서만이 하얀 전등불 밑에서 침묵 아닌 침묵을 깨고 있을 뿐이었다.

　　석양이 지는 붉은 강가에
　　오래도록 마음을 드리고 앉아 있었던 그날,
　　나는 오랜 끝에 수심을 알 수 없는 강물이
　　내게 전하는 말을 들었다.

　　절망도 살아야 절망이다.
　　희망도 살아야 희망이다.

　　그날의 강물은
　　오늘의 비가 되어 내 발밑을 적시며
　　그렇게 위로를 던지고 있었다.

본문에 게시된 글은 고 ○○○씨가 작성한 탄원서의 내용이다.

단 문맥의 이해를 돕기 위해 부자연스러운 문장을 일부 윤색하였음을 밝히며,

그의 자필 탄원서는 다음과 같이 게시한다.

대산종사 말씀하시기를

*
  *
    *

상대가 신의를 저버리더라도
우리는 항상 신의를 지키고 살려야 하나니,
진리는 언제나 살리는 자에게 인(仁)을 주고
큰 일을 맡기기 때문이니라.
그러므로 상대가 나에게 비법(非法)으로 상대해 오더라도
한 걸음 물러나 정법으로만 대하다 보면 결국은
상대도 참회하고 자각하여 새 사람이 되고
내 일도 성공하게 될 것이니라.

대산종사법어 운심편 5장

그래도
슬픔에 지지 않는다

나의 딸과 아들이 제 역할을 다하는 사람으로

정진할 수 있도록 기도하는 일이 나의 일이며,

아이들이 걷는 길에 누가 되지 않고자

모든 일을 할 때 다시 한번 되돌아보는 습관을 갖는 일이 나의 일이다.

어버이날이라고 딸아이는 카네이션을 들고 찾아온다.
붉은 빛깔의 고운 테두리를 가진 꽃이다.
가만히 보자니 꽃잎은 작고 부드러우면서 여리지만
어디 한 군데 상처가 없다.
나는 환한 햇살이 사이사이 가득 차고 들도록
조심스럽게 자리 한 켠을 마련하고,
물끄러미 꽃을 들여다본다.
오래오래 들여다볼수록
어디 한 군데 완벽하지 않은 곳이 없다.
심지어 경이롭기까지 한 이 자연의 결과물 앞에서
마음이 무거워지는 것은 왜일까.

나는 꽃을 보듯 아이들을 곁에 두고 오래오래 보지 못했다. 그 작고, 여리고, 어여쁜, 꽃 같은 아이들을 세상 속에 남겨둔 채 떠나왔다고 해야 할 것 같다. 햇빛이 잘 드는 자리 한 켠도 마련해주지 못한 채 말이다.

나는 아이들을 한 번도 따뜻하게 안아준 적이 없다. 살가운 말도 건네지 못했고, 위로하며 다정한 손길로 머리 한 번 오래도록 쓰다듬어주지 못했다. 아이들과 함께 했던 즐거운 추억보다 어른들에게 인사를 제대로 하지 않거나, 나쁜 버릇이 들 때마다 혼을 냈던 기억이 먼저 떠오르는 건 아마 나뿐 아니라 아이들도 그럴 것이다.

그래서일까. 요즘 젊은 아빠들이 아이들과 친구처럼 다정하게 지내는 모습을 볼 때면 '나는 왜 저러지 못했을까. 저렇게 예뻤던 아이들을 많이많이 안아줄 걸' 하는 생각도 든다.

특히, 나는 아이들이 사춘기가 되어 한창 예민할 때 아내와 자주 다투며 아이들에게 좋은 환경을 제공해주지 못했다. 그것이 나로서는 가장 안타깝고 가슴이 아프다.

딸아이도 그런 엄마, 아빠의 모습에 상처를 입고, 수없이 방황했다는 것을 나는 안다. 그럴 때 조용히 아이를 품에 안고 사랑한다고 말해주었으면 좋았을 것을……. 아이가 잘못된 길로 빠지지는 않을까 나도 덜컥 겁이 나서 화를 내기만 했던 것은 아마도 서툴렀던 못난 표현이었으리라.

그런데도 아이들은 대견하게도 잘 자라주었다. 부모가 못난 만큼 일찍 철이 든 아이들은 누구보다 강인하고 씩씩하게 스스로 컸고, 제 살 길도 스스로 찾아갔다.

의료코디네이터로 일을 하던 딸아이는 서른이 넘는 나이였지만 제대로 공부를 해보겠다고 다시 간호대학에 들어갔고,

아들은 몇 번의 위기도 있었지만 원불교에 귀의해 교무의 길을 걷고 있다. 가족 이야기와 나의 개인사는 기회가 될 때 다시 한 권의 책으로 또 써내고픈 마음이다.

아들은 고등학교 3학년이었던 해, 나를 찾아왔었다.
"아버지, 저 교무의 길을 걸어볼까 해요."
공부도 꽤 잘했고, 다재다능한 끼를 가지고 있었기에 뜻밖이라면 뜻밖이었고, 부모의 못난 모습을 보며 오랜 시간 많은 생각에 잠겼겠다고 생각을 하면 뜻밖도 아니었다.
한동안 나는 주변의 지인들에게 자문을 청하며 고민했다. 하지만 결론은 아들의 편이었다.

한 번은 아주 오래 전 일이기는 하지만, 아들의 손을 잡고 계룡산국립공원에 있는 동학사를 찾았던 일이 생각났다. 평소 나는 절에 다니길 좋아했다. 절에만 가면 마음이 편안해지고, 시름과 근심 걱정이 가라앉는 듯 평안해졌기 때문이다.
그날도 나는 다섯 살 배기 아들과 함께 사찰 이곳저곳을 산책했다. 그때 한 비구니 스님께서 아들과 나를 기도하는 자리에 들어오라 하시며 아들의 손목에 염주를 채워주시며 말씀하셨다.
'참 범상치 않은 아이로구나'

그때는 그저 아들을 귀히 봐주시는 스님의 고마운 말씀이 겠거니 생각하며 잊고 지냈는데, 그 어렵다는 종교의 길을 가겠다는 아들을 보니 그날, 그 말씀이 괜히 하신 말씀이 아닌 것 같다는 생각도 들었다.

교무가 되기 위해서는 보통 군대까지 포함해 약 11년 간 인성과 자질에 대한 교육을 받아야 한다. 출가 서원서를 내고, 심리 검사와 면접 등을 위한 점검을 받고, 2년 정도 원불교 관련 기관에서 간사로 일을 한다. 그리고 간사 기간이 끝나면 4년간 원광대학교 원불교학과 등에서 정규 대학 과정을 마쳐야 하고, 또 다시 2년간 원불교 대학원에서 공부를 한 끝에 임용고시와 비슷한 1,2차의 교무고시를 거쳐 교당으로 들어가 봉직생활을 하게 된다.

아들은 다행히도 그 어렵다는 공부를 무사히 마치고, 지금은 교무가 되어 성직자의 길을 걷고 있다. 나는 그런 아들을 볼 때마다 가슴이 띈다. 평생을 제생의세(濟生醫世)의 정신으로 정진하는 모습은 많은 이들에게 존경받을 만한 충분한 이유가 되고, 또 개인적으로도 사람다운 사람의 길을 찾고, 구하는 길이기에 의미가 충만하다.

제생의세란 일체 생령을 도탄으로부터 건지고 병든 세상을 치료한다는 뜻이다. 질병 · 기아 · 무지 · 폭력 · 인권유린

등으로 병 든 세상 속에서 고통 받고 있는 인간을 구하기 위해 세상의 병맥을 진단하고 치료하는 데 적극 참여해야 한다. 즉 진리를 깨쳐 부처를 이루고 자비방편을 베풀어 일체중생을 고해에서 구제해야 하는 것에 그 목적이 있다.

하지만 종교인이라고 모든 종교인이 훌륭하고 선하지 않다는 것을 나는 안다. 정치인이라고 모두가 인간다운 사람들의 삶을 위해 애쓰는 것이 아니라는 것을 나는 안다. 때문에 나는 어떠한 분야에서도 훌륭한 사람으로 존경받기 위해서는 인격적 자기완성을 이룰 수 있어야 한다고 믿는다. 즉 종교인은 종교인다워야 하고, 정치인은 정치인다워야 하며, 교사는 교사다워야 하는 인격을 갖추어야 우리 사회는 비로소 안녕과 평화를 되찾게 될 것이다.

하여 나는 교무의 길을 걷는 아들을 둔 아비로서의 자세를 생각하지 않을 수 없다. 나의 딸과 아들이 제 역할을 다 하는 사람으로 정진할 수 있도록 기도하는 일이 나의 일이며, 아이들이 걷는 길에 누가 되지 않고자 모든 일을 할 때 다시 한번 되돌아보는 습관을 갖는 일이 나의 일이다. 어려서 못 해준 것들을 지금이라도 해 줄 수 있다면 이것이 내가 할 수 있는 최선이라고 생각하기 때문이다.

하여 나는 슬픔에 지지 말자고 다짐을 한다. 딸아이가 공부를 다시 하겠다니 춤이라도 추고 싶고, 아들이 교무의 길을 열심히 걷고 있으니 마음 한 켠이 든든하다.

딸아이가 가져온 꽃이
햇살 아래 참 곱다.

대종사 말씀하시기를

* * *

사람이 그 본의는 저 편에게 이(利)를 주고자 한 일이
혹 잘못되어 해(害)를 주는 수도 있나니,
남을 위하여 무슨 일을 할 때는 반드시 미리 조심해야 할 것이요,
그러한 경우로 해를 입은 사람은 그 본의를 생각하여 감사할지언정
그 결과가 해로운 것만 들어서 원망하지 말아야 하느니라.

대종경 인도품 14장

간절함이
나를 일으킨다

뜨겁게 달궈진 놋쇠를

찬물에 담갔다 다시 꺼내 망치로 수없이 두들기기를

수십, 수백 차례를 하고 난 후에야

쓸 만한 칼이 완성되어지듯

넘어지고 일어서기를 반복하고 나서야

간절함은 생기기 마련이다.

세상 누구에게나 똑같이 주어지는 것이 있다면

그것은 시간이다.

물론 짧은 생을 살다 가는 사람도 있고,

장수하는 사람도 있으니 상대적인 시간은 다르겠지만,

절대적인 시간만큼은 같다.

똑같은 1시간,

똑같은 하루,

똑같은 한 달.

주어진 그 시간을 어떻게 사용하느냐에 따라

삶은 달라지기 마련이다.

언젠가는 죽기 전에 해야 할 것, 혹은 하고 싶은 것들을 적어보기도 했다. 한창 너도 나도 버킷리스트를 작성하는 것이 유행처럼 퍼졌을 때였다. 나의 버킷리스트에는 한 달 두 권 이상의 독서와 책 쓰기, 주 4회 이상의 운동과 기도, 배낭여행과 등산, 영어회화와 그림 배우기 등이 있었다. 소소하지만 나를 위해 실천할 수 있는 것들을 꼼꼼히 적어보는 것만으로도 그때는 꽤 근사한 미래를 상상하는 것이 어렵지 않았다. 시간만 허락된다면, 금전적인 여유가 좀 생긴다면 말이다. 그때는 시간이, 돈이 나를 옭아매는 감옥처럼 느껴졌고, 그래서 늘 갑갑했다.

하지만 나이 들면서 정작 시간과 여유가 생기면 그다지 하고 싶은 일들이 떠오르지 않는다. 하면 좋지만 안 한다고 해서 특별히 인생이 불행해지는 것도 아닌데, 라는 생각이 고개를 들면 그 모습 그대로 그저 하릴 없이 해 넘어가는 것을 구경하다 하루를 보낼 때가 많아지곤 한다. 어느새 나를 옭아메는 것은 시간과 돈이 아니라 마음의 경계가 되어버리는 것을 느끼는 것이다.

그럴 때면 되뇌어보곤 한다.

네가 진짜로 원하는 게 뭐야?

이 간결하고 짧은 물음에 쉽게 답할 수 있는 사람은 몇이나 될까.

살아가는 동안 누구나 한 번쯤 마음의 힘이라는 것을 경험해보곤 한다.

구름판 앞에 서서 두 팔을 크게 휘저으며 바닥을 힘차게 내딛는 그 순간, 사실 두 다리, 두 발, 열 개의 발가락보다 마음의 힘이 먼저 작용한다는 사실을 우리는 잘 알고 있으리라.

'반드시 꼭 나의 시선이 머무는 저 멀리까지 가 보는 거야.'라고 외치던 마음속의 간절함이 나를 날아오르게 하는 힘이 된다는 것을 말이다.

그러나 현실은 늘 뜨거운 것은 눈물이고, 차가운 것은 바닥이라는 것을 알게 해준다. 엉덩방아를 찧거나, 앞으로 고꾸라지거나. 하지만 그 과정을 거쳐본 사람은 안다. 마치 뜨겁게 달궈진 놋쇠를 찬물에 담갔다 다시 꺼내 망치로 수없이 두들기기를 수십, 수백 차례를 하고 난 후에야 쓸 만한 칼이 완성되어지듯 넘어지고 일어서기를 반복하고 나서야 간절함은 생기기 마련이다.

뜨거운 뙤약볕이 머리 한가운데로 떨어지던 8월 하순, 나는 한껏 달아올라 있었다. 6개월이라는 시간 동안 솟구치던 화를 억누르고, 마음을 다스리며 차갑게 식었다 끓어오르기를 거듭 반복했던 시간 동안 나의 간절함은 더 더욱 커져만 갔다.

가끔 사람들은 나에게 이렇게 말하곤 했다.
"똥이 무서워서 피합니까? 더러워서 피하지. 그냥 똥 밟았다 셈 치고, 다 잊어버립시다. 나 싫다 하는 곳에 구차하게 매달릴 필요도 없고, 이왕 이렇게 된 거 지금부터라도 새 삶을 찾는다면 또 그곳에 희망이 생기지 않겠습니까."

안다. 그 말이 나를 위로하려 하는 말인 것을. 하지만 어쩌자고 내 마음은 자꾸만 도리질을 쳤다.

그날도 그랬다. 출소하던 날. 폐부 깊숙이 신선한 공기가 차오르는 것을 느꼈지만, 나는 여전히 자유롭지 못했다. 불가능한 현실, 이루지 못할 미래, 닿지 않는 목표. 그것이 내 앞에 놓인 철창이었고, 나는 여전히 낙인찍힌 범법자였을 뿐이니까 말이다. 변한 것은 아무것도 없었다.

'형, 고생 많았어.'

나를 데리러 온 동생과 차 안에서 나눈 이야기라고는 그 말 한마디가 전부였지만, 내가 무슨 생각을 하고 있는지는 말하지 않아도 동생은 이미 알고 있었을 것이다.

나는 원했다. 오직 딱 하나. 반드시 나의 결백함을 증명해 보이는 것, 그리고 나의 일로 다시 원상 복귀하는 것. 수감 생활 6개월 동안 나를 버티게 한 것은 오로지 그 생각뿐이었으니까 말이다.

바로 이것이 내가 그 어떠한 상황 속에서도 굴하지 않고, 다시 나의 명예를 회복하기 위해 노력해야 하는 이유다. 훗날 후회 없는 내 자신의 삶을 위해, 진정한 자유를 찾는 나를 위해 나는 단지 부단히 노력하고 있을 뿐이다.

한 제자 여쭙기를
"저는 늘 사물(事物)에 민첩하지 못하오니
어찌하면 사물에 밝아질 수 있사오리까?"

대종사 말씀하시기를

*
*
*

일을 당하기 전에는 미리 연마하고,
일을 당하여서는 잘 취사하고,
일을 지낸 뒤에는 다시 대조하는 공부를 부지런히 하며,
비록 다른 사람의 일이라도
마음 가운데에 매양 반조(返照)하는 공부를 잘하면,
점점 사물에 능숙하여져서 모든 응용에 걸리고 막히지 아니하리라.

대종경 수행품 24장

기
회

늘 이로운 방향을
찾아야 한다

제 손으로 권력을 쥐어준 자들을
끊임없이 견제하고, 경쟁해야 하는
확장된 정치 세계 속에 우리가 있는 셈이다

정치란 무엇인가.

나라를 다스리는 일이다.

국가의 권력을 획득하고 유지하며 그것은 국민들이
이로운 방향으로 인간다운 삶을 영위할 수 있도록
질서를 바로 잡는데 목적이 있다.

누구를 위해서?

국민을 위해서다.

그러나 초등학생도 다 알 만한 상식의 선이 무너진 지 오
래다. 때문에 정치가 천대받는 세상이 되었다. 정치가 요즘과
같다면 아마 학교에서는 힘이 있는 자가 많은 것을 갖기 위한
권력 행사라고 정치를 가르쳐야 하는 것이 맞다.

국민이 누려야 할 가치를 고르게 배분하기 위해 희생하고
헌신한다는 숭고함은 사라진 지 오래고, 그것은 순진한 사람
들이나 하는 이야기가 되어버렸다.

하지만, 그렇다고 해서 두 손 놓고 있을 수만은 없다. 세상
의 질서, 세계관이 바뀌면, 개인의 삶이 송두리째 바뀌기 때
문에 우리는 자신의 삶을 위해서라도 늘 끊임없이 주시해야
하며 관심을 갖고 참여해야 한다. 어떻게 보면 제 손으로 권력
을 쥐어준 자들을 끊임없이 견제하고, 경쟁해야 하는 확장된
정치 세계 속에 우리가 있는 셈이다.

나는 그동안 수많은 정치인들을 만나고 경험해왔다. 그 속에서 내가 터득한 것이란 정치하는 사람들의 일부는 일반적인 사람들과 참 다른 종족이라는 것이다. 냉혹하고 치열한 먹이사슬 안에서 생존하기 위해서라면 피도 눈물도 없고, 부모 자식도 없는 것이 정치인이더라. 그래서 나는 정치하는 사람들을 쉽게 믿지 않는다.

언젠가 한 번은 국회의원에 도전해보겠다는 한 분이 나를 찾아온 적이 있었다. 지지 기반이 전무하다고 해야 할 만큼 세가 없었던 그분이 나를 찾아온 것은 목마른 자가 우물을 찾아오는 것과 같은 격이었으리라. 나의 아버지와, 또 나의 친구와 연결고리가 있었으므로 손을 뻗으면 닿을 만큼 가까웠고, 당시 나는 많은 활동을 통해 사회적으로 다양한 사람들과 관계를 맺고 있었으므로 나의 우물엔 차고 맑은 물이 풍부하다고 믿었을 것이다.

대부분의 정치 인사들이 처음엔 90도로 몸을 숙이며 찾아오듯 그분도 마찬가지였다. 그분은 선함으로 포장된 뜻과 열정을 내어 보이며 도움을 청해왔다.

사실 평생 일꾼으로 사는 스타일이었던 나는 내가 쓰일 곳이 있다는 것 자체가 기뻤다. 나를 필요로 하고, 인정해주는 곳이라면 기꺼이 달려가 도움을 주곤 했는데, 그 자체가 내 삶

을 풍요롭게 만들기도 했고, 내 스스로 보람과 긍지를 느끼게
도 했다. 그래서 몸이 힘들거나 돈이 되지 않더라도 마다하지
않았다.

그때도 나는 기꺼이 그분을 돕기로 했다. 단, 나를 배신하
지 않겠다는 약속 하에 말이다.

"어떠한 일이 있어도 저의 이야기를 들으셔야 합니다."

그것이 내가 제안하는 단 하나의 조건이었고, 그분은 재차
무한 신뢰를 다짐했다.

결과는 훌륭했다. 2.5% 안팎이었던 지지도는 한껏 끌어올
려졌고, 급기야 3선을 목표로 하던 경쟁 상대를 경합에서 제
치고 초선의원으로 당선이 되는 놀라운 결과를 가져왔다.

깃발을 흔드는 그. 나는 그분을 보며 함께 승리의 기쁨을
만끽했다.

하지만 승리는 '우리'의 것이 아닌 '그'만의 것이었다는 것
을 나는 얼마 가지 않아 알아챌 수 있었다.

가져야 할 것을 눈앞에 두었을 때는 "박천권이라는 사람
범법자인데 어떻게 믿을 수 있어요? 당장 그만두게 하세요."
라고 하는 말에도 흔들리지 않으며 믿고 따르는 신뢰를 보여
주었지만, 가져야 할 것을 손에 쥐었을 때는 입바른 소리를 할
때마다 불편함을 내비치며 차츰 나를 밀어내기 시작했다.

그분을 당선시키기 위해 뛰고 또 뛰었던 내 모든 순간들이 주마등처럼 흘러갔다. 나는 왜 그토록 후원금을 거두기 위해 필사적이었던가. 후원금에서 내 월급을 챙겨야 했지만 나는 왜 사비마저 털어가며 낮과 밤으로 애경사를 찾아다녔던가. 누구 하나 돈 한 푼 내놓지 않는 사무실을 운영하기 위해 애를 썼고, 사무실을 이사해야 할 때도 내 집을 이사하듯 나는 사비를 또 털어야 하지 않았던가.

결국 승리를 가져간 사람은 따로 있고, 나는 그가 흔드는 승리의 깃발 아래 배신만 떠 앉은 채 떠날 채비를 해야 하는 사람이 되어 있었다.

자신의 이익을 위해서라면 5분 전의 말과 5분 후의 말도 서슴없이 달리 말할 수 있는 사람들이 바로 정치인이라는 것을 나는 알면서도 왜 잊었던 것일까.

하지만 나는 배신 당하였다 하여 정치를 멀리하지는 않는다. 그것은 우리의 삶과 떼어놓을 수 없는 불가분의 관계이기 때문이다. 소태산 대종사님도 역시 정치와 종교를 수레의 두 바퀴에 비유한 바 있다. 정치는 한 가정의 아버지요, 종교는 한 가정의 어머니로서 정치와 종교가 한 가정의 부모가 되어 이 세상을 평화와 행복으로 이끌어야 한다고 말씀하셨다.

좋은 세상을 만들어 함께 누려보는 세상에 대한 갈망의 정치. 그것을 이루려면 사실 정치하는 자들이 권력 자체를 내려놓지 않는다면 나는 불가능하다고 본다. 아무 욕심 없이 사회를 위해 봉사하는 사람만이 좋은 정치를 이룰 수 있을 터인데, 과연 어떤 인물이 그럴 수 있을까.

가끔 나는 나와 고락을 같이 한 분들을 한 분 한 분 떠올려 본다. 이번 선거에서도 세 분이 국회의원에 당선되었는데, 그 외에도 OOO 도지사님, OOO 시장님, OOO 국회의원, OOO 시의원, OOO 시의원, OOO 시의원님들과의 이야기는 기회가 된다면 따로 또 한 권의 책으로 솔직하게 담고 싶을만큼 기대가 크다.

오늘도 나는 빠지지 않고 돌아가는 정치판을 본다. 그 어떠한 날도 사건 사고 없는 날이 없고, 그 어떠한 날도 정치로 시끄럽지 않은 날이 없다. 전 세계가 역병이 돌아 당장 국민들의 안위를 걱정해야 하는 때에도 자기 밥그릇 챙기기에 혈안이 된 정치판……. 그럼에도 불구하고 자신의 안위보다는 나라를 걱정하고, 두 팔 걷어붙이며 사지로 봉사를 나가는 사람들과 또 끝까지 포기하지 않겠다며 봉사자들의 도시락을 만드는 시민들……. 참으로 묘하고 참으로 기이한 광경이 아닐 수 없다.

"자, 밥이나 먹으러 갑시다."

일어서려는데 누군가 나에게 묻는다.

"선생님이 정치하시면 잘 하실 수 있을 것 같은데, 왜 안 하세요?"

나는 묻는 말에 답하지 않고 그에게 되묻는다.

"그러는 당신은 왜 정치를 하지 않으십니까?" 하고.

늘 이로운 방향을 찾고 나아가고자 하는 매 순간, 그 투지와 열정이 곧 훌륭한 정치의 시작임을 우리는 믿어의심치 않는다.

정산 종사 말씀하시기를

*
*
*

남에게 이익을 줌이 길이 많으나
바른 발원 하나 일어나게 하는 것에 승함이 없고,
남에게 해독을 줌이 길이 많으나
나쁜 발원 하나 일어나게 하는 것에 더함이 없나니,
발원은 곧 그 사람의 영생에 선악의 종자가 되는 까닭이니라.

정산종사법어 무본편 15장

손에 들린 칼을
내려놓으라

나는 결백했지만 이미 찍힌 낙인은 지워지지 않았고,

억울했지만 억울함을 토로하는 것조차

공허한 메아리 같은 것일 뿐이라는 사실이

나를 시름시름 앓게 했다.

한 시인이 죽었다. 대인기피증과 심각한 알코올중독증이 죽음에 이르게 한 원인이라고 했다. 한 연예인이 죽었다. 악플의 고통 속에 스스로 목숨을 끊었다고 했다. 한 프리랜서 피디가 죽었다. 지하실에서 발견된 그는 임금 인상과 부당 해고 문제로 갈등을 겪다 극단적 선택을 한 것이라고 했다. 이들의 공통점은 무엇일까. 자살? 아니 스스로 목숨을 끊었다고 해도 그것은 타살이다. 사회적 타살.

시인은 성추문 폭로에, 앳된 연예인은 무차별적인 악플에, 프리랜서 피디는 노동자의 열악한 노동 환경에 노출된 채 죽음에 이르렀고, 사회는 구조적 모순이라는 사나운 이빨을 드러내며 그들을 궁지로 몰아갔을 것이다.

여기저기 들려오는 흉흉한 소문들, 확인되지 않은 진실을 가지고 가슴에 꽂는 비수. 사람들은 고작 이런 것이 죽음이 될 수 있겠느냐 비아냥거리거나, 실제 그들의 죽음을 목도한 후에는 그렇게 될 줄 몰랐지 라고, 반응하며 남일 구경하듯 뒷짐을 진다. 그렇다면 그 죽음 앞에서 책임져야 할 사람은 누구란 말인가. 이 엄중한 사태 속에서도 길가의 사람들은 천연덕스럽게 제 갈 길을 간다.

'이봐. 아니 땐 굴뚝에 연기 날까라는 속담 몰라? 거기까지 갔다 왔으면 뭔가 잘못을 했겠지.'

내가 수감생활을 했다는 것을 모두가 아는 것은 아니었지만, 간혹 나에 대한 소문을 들은 몇몇 사람들은 나를 볼 때마다 수군거렸다. 그럴 때마다 나는 얼굴이 달아오를 만큼 감정을 주체할 수 없었다. '아니, 아니, 아니라고!' 얼굴을 들이밀고 소리치고 싶은 그 심정을 누가 알겠느냐마는 사실 그런 일을 겪을 때마다 좌절감이라는 무거운 추가 나를 깊은 바다 속으로 가라앉게 했다.

나는 결백했지만 이미 찍힌 낙인은 지워지지 않았고, 억울했지만 억울함을 토로하는 것조차 공허한 메아리 같은 것일 뿐이라는 사실이 나를 시름시름 앓게 했다. 그것은 도망친다고 해서 피할 수 있는 것이 아니고, 부정한다고 해서 부정할 수도 없는 바로 머리 위 햇살과 그것이 만들어내는 그림자와 같은 관계였으므로 나는 매일매일 끝없는 고통 속에서 살아가야 했다. 만약 내가 결백함을 증명 받게 된다면 고통은 끝날 수 있을까.

나와는 또 다른 사건으로 엮였던 경찰관의 글에서도 나는 그의 고통을 엿보았다. 나와 달리 무죄를 확정 받고, 복직도 되었지만 고통은 계속 되는 듯 보였다. 그는 복직된 직장도 그만 둘 정도로 후유증에 시달리고 있었다.

존경하는 재판장님께!

저는 2010. 1.4. OOOO에서 뇌물알선수뢰, 뇌물수수죄로 구속되어 2011. 1. 27. 무죄를 확정받고, 현재는 OO경찰서에 복직한 후 병가 중에 있는 경찰관 OOO입니다.

항소심에서 OO관 내 OOO 변호인을 선임하여 소송하면서 우연찮게 박천권이라는 사람이 OOO으로부터 금품을 전달하였다는 사건을 접하게 되었습니다.

그 순간 애매한 또 한 사람의 비극이 시작 될 것이라는 생각을 하니 너무나 가슴이 찢어지도록 아프고 답답하며 공명심에 사로잡혀 눈이 먼 검사가 더욱 더 미웠습니다.

존경하는 재판장님!

10년 전 OO경찰서에서 함께 근무했던 과장의 소개로 OOO을 소개받았고, 그 후로 간혹 왕래를 하면서 안부통화를 하면서 관계를 이어왔습니다. 서로 생활 주거가 다르기 때문에 거리낌 없이 관계는 지속되었고, 형·동생 사이로 발전하였습니다.

그런데 이런 사람이 어떻게 주지 않은 돈을 주었다라고 모든 사람이 의아해하고, 믿지 않으려고 합니다. 하지만, 인간은 간사한 동물이라고 하지 않던가요. 친형제 사이에도 자기가 살기 위해서 남을 팔아먹거나 희생을 시키는 것을 많은 사람들이 경험을 해서 부인하지 않을 것입니다.

사실 저의 사건을 보면 담당 검사는 저를 구속하기 위해 OOO을 70여

일 동안 토·일요일만 빼고 밤낮으로 매일같이 조사를 하면서 세뇌를 시킨 것입니다. 뿐만 아니라 OOO 본인의 사건을 보면 4년 동안에 7억 원 넘게 편취하고, 문서를 위조하는 등 그 수법이 중형에 처할 특정경제사범임에도 검사는 사기죄로 공소 변경해주는 등 궁박한 OOO을 획책하여 억지 수사를 한 것입니다.

사실 저는 OOO이 미운 것이 아니라 공정치 못한 검사를 죽이고 싶었습니다. 뿐만 아니라 객관적이고, 과학적인 자료와 이에 부합하는 수명의 증인이 있음에도 불구하고 이를 배척하고 유죄를 선고한 법관 또한 정말 양심이 있는지 의문을 갖지 않을 수 없습니다.

존경하는 재판장님!

저는 7개월이 넘는 기간 동안 OO교도소에서 많은 눈물을 흘렸습니다. 펑펑 눈이 쏟아지는 날 수감되어 감방 창문으로 스며드는 가로등 불빛 사이로 하얀 눈이 녹아사라질 때처럼 세상을 미련 없이 던지고 싶었습니다. 그러나 지금은 그 옛날 대쪽 같은 선비 시절과는 달리 죄 있는 사람이 진실이 밝혀져 자기의 치부가 들어 날까봐 죽음으로 대신하는 사람이 있다는 것을 느꼈습니다. 그래서 저는 정말 죄가 없다면 진실이 밝혀지리라 믿었고, 밝혀진 후 죽든 살든 해야 하지 않을까 하는 각오로 옥중 생활을 했습니다.

그 생활은 생각처럼 쉽지 않았습니다. 잠을 이룰 수 없었고, 뇌 세포가 움직이기 시작하면 분통이 터져 괴성을 질렀지만 돌아오는 것은 비통

함뿐이었습니다. 결국 세상을 원망하는 눈물밖에 나오지 않더군요.

제 처는 처대로 어린 애들은 애들대로 이루 말할 수 없이 슬픔에 잠겨 고통 속에서 하루하루를 살아야 했습니다.

사는 것도 그냥 사는 것이 아니고 사람들의 시선을 피해야 했고, 어린 애들은 애들대로 학교에서 교사의 따가운 시선을 받으면서 때때로 무시를 당했다고 합니다. 그래서 저는 옥중에서 담임교사에게 편지 한 통을 쓰게 된 동기도 있고요.

그 당시 세상에서 가장 두려운 것이 있었다면 처벌을 받는다거나 직장을 잃을까봐 두려운 것은 없습니다. 다만 두려운 것이 있다면 고등학교에 다니는 딸과 중학교에 다니는 아들이었습니다. 저의 자식들은 아빠가 경찰관이라는 것을 가장 자랑스럽게 생각하며 존경해 왔습니다. 그런데 이런 아빠가 죄인이었더라면 어떻게 되겠습니까. 또한 시골에는 OO세의 부친과 OO씨의 모친이 계십니다. 이 분들은 경찰관이 된 저의 모습을 보며 가장 기뻐하시고 늘 청렴한 경찰이 되라며 말씀하셨습니다. 그런데 제가 누명을 쓴 채 부정한 공직자였다라고 판결을 받을 경우 사실로 받아들여 세상을 떠나신다면 이 얼마나 비통한 불효겠습니까.

지난해 O월 OO일 보석으로 나왔지만 여전히 죄인이 되어 아파트 승강기를 타지 못하고 비상계단으로 오르내리곤 했습니다. 뭔가 있기 때문에 교도소에 갔다 오지 않았나 하는 의심을 품는 사람들의 정서이기에 저는 여전히 죄인이었고, 현재도 그 후유증으로 정신병원에서 지어준 약을 먹지 않으면 잠을 이룰 수 없는 지경에 이르러 직장 생활을 못하고 있습니다. 극단적으로 정말 제가 한 점 부끄러움이 있었더라면 무죄로 복직한 걸로 만족하여 회개하며 생활할 수 있을 것입니다. 하지만 다른 공직자와는 달리 일평생을 변함없이 청렴함을 추구하고 주변의 악조건을 다 뿌리치고 공직생활에 평생을 받쳤던 사람의 아픔은 그 무엇으로도 치유할 수 없다는 것입니다.

존경하는 재판장님!
OOO의 모함으로 인해서 청렴한 경찰관 3명이 구속되었다가 무죄를 받고도 아픈 삶을 살아가고 있습니다.
당시 법관이 세심하게 객관적으로 판단했다면 그분들은 과오를 남기지 않았을 것입니다. 감히 무어라고 말씀을 드릴 수 있는 처지는 아니지만 OOO은 자신이 살아남기 위해서 검사와 검찰수사관으로부터 획책을 당하여 어쩔 수 없이 자백을 했다라고 저는 믿습니다.
OOO은 법정에서 사실을 말하면 검사가 쪼이고 쪼여 어쩔 수 없었다고 했습니다. 뿐만 아니라 OOO의 거짓말을 객관적으로 입증할 수 있는 통신자료, 발신 위치표시, 카드계산서, 식당 주문 접수장부, 현장 부재증명을 입증할 수 있는 수명의 증인이 있음에도 OOO은 끝까지 거짓말을 했습니다.
박천권의 사건도 저의 사건과 유사한 시기에 검찰에서 인지하였고 오히려 저의 사건 관련 OOO의 진술이 신빙성이 없어지자 이를 보강하기 위해서 검찰은 OOO을 설득하여 짜맞추기식 수사로 또 누군가에게 올가미를 씌워야 했습니다. 아마 그 희생양이 박천권이라는 것을 알 수 있습니다.

하지만 진실은 밝혀졌습니다. 거짓이 진실을 이겼다면 우리의 세상은 영화 속에서나 나오는 지옥이 아닐까 싶습니다.

다행히 현명하신 OOO 재판장님의 깊은 통찰력으로 판단을 해주셔서 오늘 따뜻하고 행복한 봄 햇살을 맞이하고 있습니다.

존경하는 재판장님!

한 사람의 모함으로 인해서 몇 십년 쌓아둔 명예를 잃고, 건강과 가족을 잃을 뻔 했습니다. 그러나 이번 사건은 모함한 사람이 왜 모함을 했는지를 파헤치지 않는다면 위험한 결과를 가져올 것입니다.

OOO의 살아온 경력을 보면 알 수 있습니다. 사실 이 사건이 터지기 전에는 그 사람이 어떤 성품의 소유자라는 것을 전혀 몰랐습니다. 사기꾼은 정말 매사에 고도의 머리를 쓰기 때문에 마음먹은 사람에게 쉽게 접근 한다는 것을 배웠습니다. OOO의 마음속을 샅샅이 파헤쳐 다시는 모함하는 일이 없도록 해서 사회에 경종을 울려야 한다고 봅니다.

재판장님의 고명하신 판단으로 한 인간이 억울한 생을 살아가지 않도록 해주십시오.

재판장님의 미래에 무궁한 발전과 더 높은 자리에 가서서 억울한 사람이 없도록 보살펴 주시기를 바라는 마음으로 기도하겠습니다.

사람은 누구나 살고, 누구나 죽는다.

그러나 어떻게 살고,

어떻게 죽게 되는 것인가는 아직 내게 중요한 문제다.

사는 동안엔 되도록 업을 짓지 말아야 하고,

죽을 때는 명예롭게 죽을 수 있기를 바란다.

그것이 욕심인 것일까.

어쩌면 그 욕심 때문에

나 스스로를 힘들게 하고 있는 것은 아닐까.

그런 생각도 여러 번 해보게 되지만

아직 나는 억울함을 의연하게 버릴 수 있는 경지에는

다다르지 못한 모양이다.

매번 번뇌하는 내가 마치 살아있다는 증거처럼

여겨지기 때문이다.

나는 얼마 전 불안정성 협심증으로 시술을 받았다.

억울함과 슬픔이 밀려올 때마다 가슴이 오그라드는 것 같은 통증을 느끼곤 했는데, 그것이 수감생활을 할 때부터였으니까 꽤 오래도록 나는 그 통증을 방치해두었던 셈이다.

살기 위해서였다. 누명을 벗어야 한다고 생각했던 나는 일과 재판을 겸해야 했고, 그렇게 눈코 뜰 새 없이 바쁘게 지내면서 통증을 돌볼 겨를이 없었다.

그러다 1개월 전부터 증상이 심해지는 것을 느끼고 병원을 찾았을 때는 이미 심장혈관이 55%나 막혀 있다는 이야기를 들어야 했다.

애써 태연한 척했지만 사실 눈앞이 아득했다. 그동안 살아온 나의 하루하루가 주마등처럼 스쳐지나갔다. 무엇을 위해 그렇게 치열하게 살았을까. 지금의 나는 잘 살고 있는 것인가. 늘 그래왔던 것처럼 통증을 무시한 채 병원을 늦게 찾았더라면 어땠을까. 예전 같으면 모르고 그냥 죽었을 병인데 차라리 그렇게 죽는다면 어떨까. 그동안 주춤했던 통증은 하늘이 나를 불쌍히 여기어 발병을 늦추고 마음 공부를 할 수 있도록 시간을 벌어주신 것일까.

1시간 10여 분간 시술이 끝날 때까지도 만감이 교차했고, 이틀 후 병원을 나오면서는 삶과 죽음이 종이 한 장 차이라는 것을 새삼 느끼며 허탈한 기분까지 들었다.

누군가 나의 안위를 묻는다. 걱정스러운 눈빛으로 건강을 기원해준다. 진심으로 고마운 일이다. 하지만 또 누군가는 여전히 나를 의심스러운 눈으로 바라보기도 할 것이다. 이제부터 나는 그런 사람들을 위해 기도할 것이다. 그들의 손에 들려 있는 칼을 내려놓기를 말이다.

그리고 믿는다.

진실은
거짓을 이길 수 없다.

대종사 말씀하시기를

*
*
*

이 세상에 크고 작은 산이 많이 있으나
그중에 가장 크고 깊고 나무가 많은 산에 수많은 짐승이 의지하고 살며,
크고 작은 냇물이 곳곳마다 흐르나
그중에 가장 넓고 깊은 바다에 수많은 고기가 의지하고 사는 것같이,
여러 사람이 다 각각 세상을 지도한다고 하나
그중에 가장 덕이 많고 자비(慈悲)가 너른 인물이라야
수많은 중생이 몸과 마음을 의지하여
다 같이 안락한 생활을 하게 되느니라.

대종경 불지품 1장

누구에게나
기회는 있다

사람은 살아있는 내내 기회를 갖는다.

어떻게 바라보고, 어떻게 살아갈 것인가.

어떻게 인과를 만들며, 어떠한 책임을 질 것인지,

설사 오류를 범하게 되었다면

어떻게 바로잡을 것인지는 바로 당사자의 선택에 달려 있다.

나를 기소했던 검사에게 무릎을 꿇었던 때를 떠올린다. 나는 간절했고, 그는 강경했다. 서로의 입장 차이와 믿는 방향이 달랐기 때문에 벌어진 일이었지만 한동안 나는 그를 원망했다.

　　바뀔 것이라고도 생각하지 않았다. 무소불위의 권력을 가진 자들이 자신의 잘못됨을 시인하는 순간 그들은 많은 것들을 잃는다. 그들이라고 애환이 없는 것도 아닐 것이고, 그들이라고 잃은 것에 대해 아쉬움이 없을 리 만무하다. 원래 많은 것을 가진 자들이 많은 것을 잃게 되는 것이 세상 이치다. 때문에 그런 사람들일수록 자신의 신념이 투철해야 한다. 그것이 옳고 그른 것이든 밀고 나가야 한다. 그것이 사는 방법일 것이다.

　　하지만 그는 달랐다. 복직문제를 해결하기 위해 재판을 준비할 당시 면세유업자가 거짓 진술을 했다는 증거를 들고 그를 찾아갔을 때 그는 움츠려들기보다 다시 한번 사건을 들여다보고, 무엇이 진실인지를 살펴보기 위해 애를 썼다. 물론 그때 그는 검사직을 내려놓고 다른 일을 하고 있었지만, 적어도 자신의 결정에 책임을 지고자 노력하는 모습이 역력해 보였다.

탄 원 서

저는 원고를 변호사법위반죄로 기소한 검사였던 OOO입니다. 2010년 당시에는 검사였으나, 2012년 말경 사직을 하였고, 최근 원고를 만나서 새로운 사실을 알게 되어 이 글을 쓰게 되었습니다. 그 새로운 사실은 제가 원고를 기소하였을 당시에는 알지 못하던 것들이었고, 그 새로운 사실들이 더해진다면 원고에 대한 변호사법위반 혐의는 비록 유죄로 확정이 된 사건이지만 다르게 판단할 측면이 많이 이 글을 쓰게 되었습니다.

원고에 대한 수사는 2010. 2. 경 OOO이라는 사람의 제보 진술에 바탕하여 수사가 시작되었습니다. OOO의 제보 내용은 'OO경찰서에서 면세유 불법 유통 사건으로 조사를 받고 있던 △△△라는 사람과 관련하여 담당경찰관에게 선처를 부탁해달라는 청탁과 함께 OOO이 △△△으로부터 돈을 받아 박천권에게 금품을 제공하였다'는 것이었습니다.

원고를 조사한 결과, 원고는 'OOO으로부터 500만 원 상당의 수표와 200만 원 상당의 기프트카드 등을 받은 것은 사실이나 OOO과 그 가족들의 진료비, 공진단 등의 대금조로 받은 것이어서 △△△와는 상관이 없고, OOO으로부터 △△△ 사건을 알아봐달라는 이야기를 듣고 OO경찰서에서 알아봤던 것은 사실이나, 그게 전부일 뿐 △△△을 만난 적도 없다'라고 주장하였습니다.

△△△와 관련하여 금품을 제공하였다는 OOO과 원고의 진술이 달랐기 때문에 △△△의 진술을 들어보아야 사건의 진위를 판단할 수 있었으나, 당시 △△△는 별건 사건으로 인하여 도주 중이었으므로 원고에 대한 수사는 △△△가 검거될 때까지 중단되었다가 △△△가 검거된 후 재개되었습니다.

한편, △△△를 조사한 결과, △△△는 'OO경찰서 경찰관들에게 청탁을 하여 달라는 명목으로 OOO에게 돈을 주었고, 박천권과 통화를 하여 박천권이 금품을 받은 사실을 확인하였으며, 경찰 조사를 받으러 갈 때에도 박천권과 함께 경찰서에 갔고, 함께 간 박천권이 담당 경찰관들을 만났다'는 취지로 진술하였습니다.

당시 △△△의 진술은 매우 구체적이었고 신빙성이 높다고 판단되었으며, 다른 참고인들의 진술과도 일치하였기 때문에 2010. 11. 경, 저는 원고를 변호사법위반죄로 기소하였습니다. 그 후 저는 2011. 2. 검사 정기 인사이동에 따라 다른 지역으로 전근을 가게 되었고, 이 사건과 멀어지게 되었습니다.

그 후 최근에 원고를 다시 만나 다음과 같은 몇 가지 새로운 사실을 알게 되었습니다.

먼저 △△△가 2011.4. 경 원고에게 '박천권을 만난 사실도 없고, 박천권을 경찰서에서 본 사실도 없다. 수사기관에서 허위 진술을 하였던 이유는 OOO이 허위 진술을 부탁하였기 때문이다'라는 취지의 편지를 보냈다는 사실입니다.

둘째로 △△△를 다시 조사한 OO지청의 후임 검사는 △△△를 추가 조사한 후 '박천권과 함께 OO경찰서에 갔다'는 △△△의 진술이 거짓인 것으로 판단하여 2011. 5. 경 △△△를 위증죄로 기소하였고, △△△가 위증죄로 처벌 받았다는 사실입니다.

끝으로 검찰 조사 과정에서 △△△가 허위진술을 하였던 이유는, '△△△가 2010. 4. 경 친구였던 학교법인 OO학원 직원 OOO 및 원광대학교병원 OOO장 O모 등을 만나 원고에 관하여 허위 진술 교사를 받고, 허위 진술의 대가로 금품까지 받았기 때문이었다'고 △△△가 2011. 8. 경 원고에게 편지를 보냈다는 사실입니다.

원고에 대한 변호사법위반 사건은 '박천권을 만났고, 박천권에게 금품을 받은 사실을 확인하였으며, 조사를 받을 당시 OO경찰서에 함께 가기조차 하였다'는 △△△의 진술에 바탕하여 기소가 되었고, 처벌이 이루어졌습니다. 그러나 앞서 언급한 것처럼 △△△가 진술을 번복하였고, 그 번복에 대한 합리적 이유가 있었다면 △△△ 진술에 대한 신빙

성은 훼손되었다고 볼 여지가 많은 것 같습니다. 더욱이 원고를 만났다는 △△△ 진술이 거짓이라고 판단하여 검사가 위증으로 기소하였고 법원이 이를 받아들여 그 형이 확정되기까지 하였던 사정까지 감안하면, △△△ 진술을 바탕으로 원고를 변호사법위반죄로 처벌할 수 있었던 것인지는 다시 판단할 여지도 많다고 보여집니다.

원고를 기소하였던 검사로서, 만약 기소 이후에 밝혀진 앞서와 같은 사정들이 있었다면 어떻게 했을까 여러 생각을 하게 되고, 그런 사정까지 모두 가지고 기소 시접으로 돌아간다면 어떠했을까를 다시 생각하게 되었습니다.

만약 제가 검사로서 아무리 떳떳하게 일을 하였더라도, 만약 사실과 다르게 원고가 처벌을 받았고 직장까지 잃게 된 것이라면 저 역시 부끄러울 수밖에 없는 것이어서 이 글을 쓰게 되었습니다. 제 글이 아무런 쓸모가 없는 것일 수 있고, 제 글을 읽는 재판부에게 불필요한 수고를 끼치는 것일 수 있으나, 잘못된 부분이 있었다면 바로잡을 수 있는 마지막 기회일 수도 있다는 생각이 들어 이 글을 쓰게 되었습니다. 아무쪼록 여러 사정을 두루 감안하셔서 원고의 호소를 경청하여 주시기 바랍니다.

2015. 12.

OOO

어떻게 보면 그에겐 모두 끝난 일이었다. 더 이상 그 자리에 있지도 않았고, 책임을 질 일도 없었다. 또한 마무리를 지은 일을 다시 들추어내어 과오가 있었던 것인지를 알아보는 일은 본인에게도 매우 번거롭고, 괴로운 일이었으리라.

하지만 그의 신념은 모든 것을 감수할 만큼 옳지 않은 것에서 옳은 것을 끝까지 구제하고자 애쓰는 강인함이 있었다. 그의 그러한 태도에서 나는 알 수 있었다. 결과야 어떻든 간에 그는 그 나름대로 자신이 서 있는 자리에서 최선을 다하는 사람이었을 뿐이라는 것을 이해하게 된 것이다.

사람은 살아있는 내내 기회를 갖는다.

어떻게 바라보고, 어떻게 살아갈 것인가. 어떻게 인과를 만들며, 어떠한 책임을 질 것인지, 설사 오류를 범하게 되었다면 어떻게 바로잡을 것인지는 바로 당사자의 선택에 달려 있다. 다만 그 용기야 말로 어떻게 살 것인가에 대해 스스로 책임지는 방법이 될 수 있다.

처음엔 내가 그에게 무릎을 꿇으며 용기를 내었고, 이후엔 그가 탄원서를 써주며 용기를 내었던 것처럼 말이다. 적어도 나는 그 용기에 대해 후회는 없다.

대종사 말씀하시기를

*
*
*

사람이 세상에서 무슨 일을 할 때는
혹 남의 찬성도 받고 비난도 받게 되나니,
거기에 대하여 아무 생각 없이 한갓 좋아만 하거나 싫어만 하는 것은
곧 어린아이와 같은 일이니라.
남들이 무엇이라고 할 때는 나는 나의 실지를 조사하여
양심에 부끄러울 바가 없는 일이면 비록 천만 사람이 비난을 하더라도
백절불굴의 용력으로 꾸준히 진행할 것이요,
남이 아무리 찬성을 하더라도 양심상 하지 못할 일이면
헌신같이 버리기를 주저하지 말 것이니,
이것이 곧 자력 있는 공부인이 하는 일이니라.

대종경 인도품 37장

개에게도
불심이 있는가

내 눈이, 내 마음이 세상을 어지럽게 비추게 될까 두렵고,

내 안의 미움이 자라날까 두렵다.

내 화가 나를 상하게 하고 남을 상하게 할까 두렵고,

내 행동 하나 하나가 겸손하지 못할까 두렵다.

당나라 때 한 수행승이 조주 선사에게 물었다고 한다.

"개에게도 불성이 있습니까?"

"없다."

질문에 선사가 한 대답이었다.

그러자 다른 제자가 물었다.

"위로는 모든 부처님으로부터 아래로는 개미에 이르기까지 모두 다 불성이 있다고 했는데, 어찌하여 개에게는 불성이 없다고 하십니까"

그러자 선사는 이렇게 대답했다.

"있다."

"그럼 개는 언제 성불합니까?"

"하늘이 땅으로 내려올 때지."

"그럼 하늘은 땅으로 언제 내려옵니까?"

"개가 성불할 때 내려오지."

불교의 화두가 시작된 이 이야기는 '구자불성(拘子佛性) 구자무불성(拘子無佛性)'이라 하여 개인의 불성 유무를 따져 묻는 유명한 말이다.

그런데 하나의 질문에 두 가지 대답. '있다.', '없다.'

그는 왜 이와 같이 대답했을까?

쉽게 말하자면 불성을 진리의 깨달음으로 볼 것인가, 아니면 자연의 피조물로 볼 것인가에 따라 답을 구할 수 있다는 것이다. 즉 서로 보는 관점에 따라 모든 것이 달라질 수 있음을 알게 해주는 화두다.

예를 들어 '개가 지나가다 웃겠다'는 말이 있다.

개가 진짜로 웃을 수 있을까? 어떤 사람은 웃을 수 있다고 말하는 사람이 있고, 또 어떤 사람은 얼토당토 말도 안 되는 이야기라고 비웃는 사람이 있을 수 있다. 개가 아닌 사람이기 때문에 알 수 없음에도 불구하고 웃을 수 있다, 없다를 논하게 된다. 어떻게 보면 웃을 수 있다고 믿는 사람에겐 개의 웃음이 보일 것이고, 웃을 수 없다고 믿는 사람에겐 개의 웃음은 가당치 않은 일이 된다.

세상은 늘 이렇게 돌아간다. 자신의 관점에서 자신의 거울로 세상을 비춰 보는 것이다. 그렇다면 세상을 비추기 이전에 자신을 비춰 보는 것은 어떨까. 사람을 꽃처럼 볼 수 있다면 어느 하나 귀하고 아름답지 않은 사람이 없고, 반대로 벌레처럼 본다면 세상을 좀먹는 벌레처럼 보일 것이다.

큰일을 당하고 나니 나는 두렵다. 내 눈이, 내 마음이 세상을 어지럽게 비추게 될까 두렵고, 내 안의 미움이 자라날까 두렵다. 내 화가 나를 상하게 하고 남을 상하게 할까 두렵고, 내 행동 하나 하나가 겸손하지 못할까 두렵다.

믿고 싶다. 나를 해한 사람들도 언젠가는 나의 아픔을 짐작해보려 애 쓰게 될 것을 믿고 싶고, 성심을 다해 열심히 일하고자 했던 나의 진심을 바른 눈으로 바라봐주는 사회가 당도할 것을 믿고 싶다.

나는 뜬구름 잡는 이야기를 좋아하지 않는다. 다만 내가 생각하는 종교란 모름지기 번뇌에 괴로운 사람들을 위한 희망이 되어야 한다고 믿는다. 길을 잃었을 때 바른 길을 걸을 수 있는 나침반이 되어야 하고, 때로는 견디고 일어설 수 있도록 함께 마음을 다독일 수 있어야 한다. 배가 고플 땐 밥을 찾아 먹을 수 있도록 지혜를 주어야 하고, 자신을 비쳐보며 세상을 보다 긍정적으로 살아낼 수 있는 자신감을 주어야 한다고 믿는다. 그것이 이 시대를 살아가는 사람들에게 필요한 참된 종교가 아닐까. 이것이 바로 내가 종교에 마음을 두고 봉사하며 살아가려는 이유다.

개에게도 불심이 있을까?

나는 모르겠다.

다만 지나가는 비루한 개인지라도 식은 밥 한 덩이 나누어 먹고, 쓰다듬어줄 수 있는 마음만은 갖고 살기를 원한다. 부디.

1. 끝까지 구하라 얻어지나니라.
2. 진심으로 원하라 이루어지나니라.
3. 정성껏 힘쓰라 되나니라.

대산종사법문1집 수신강요 38. 세가지 되어지는 진리

악연은
끊는다

나 하나 참아버림으로써

이어지고 또 이어지는 악연을 끊어버릴 수 있다

하지만 내일을 모르고 오늘을 살아가는 사람들에게

어찌 쉬운 일일까

낚시하는 사람들을 바라본다.

낚싯대에 바늘을 걸고 넓고 넓은 강물이나 바다에 낚싯대를 드리우며 어떤 물고기를 낚아 올릴 것인가에 대한 기대를 서로 나눈다. 분명 그들의 세계는 저 물 밑의 세계와는 전혀 다르다. 그저 일방적일 뿐이다.

그들은 손맛을 위해, 때론 고독을 즐기며 사색하기 위해 바늘을 건다. 그러다 허기진 물고기, 또는 도전에 도전을 건 물고기들의 입질에 재빠른 손놀림으로 당겼다 풀었다를 반복하며 생면부지의 물고기들을 낚아 올린다. 아니, 그들의 입장에서는 시간을, 고독을, 슬픔과 고독을, 또는 소소한 즐거움을 낚아 올렸다고 할지도 모르겠다.

물 밖으로 끌어올려진 물고기는 동그랗게 눈만 뜬 채 아가미와 입에 온 힘을 모아 연신 뻐끔거리기만 할 뿐이다. 아마도 그들은 오늘 저녁의 식탁에 근사하게 끓여 올린 매운탕이 되거나 흰 살을 드러낸 일품 회로 올라올지도 모르겠다. 과연 물고기와 낚시꾼은 어떤 인연일까.

'네가 갚을 차례에 참아 버려라.'

내가 가장 좋아하는 경구다. 아침마다 되뇌고, 마음이 울컥거릴 때마다 떠올리는 말이다.

인생은 타이밍이라고 했던가. 기가 막힌 타이밍에 서로의 인생에 등장하게 되는 사람들, 그 많고 많은 사람들 중에는 운명도 있을 것이고, 악연도 있을 터인데 그중에서도 악연으로 만난 사람들은 어떠한 이유로 내게 와 고통을 주는 것인지 못내 괴롭다.

그러나 또 이러한 말도 있다.

'한 번 사기는 우연이지만 두 번 당한 사기는 우연이 아니다.'

이 말은 피해자의 마음 안에 이미 사기를 당할 요소가 분명 있었다는 것.

혹시 내가 악연을 만들 고리를 마음 한 켠에 걸었다면 그것은 나에게도 책임이 있는 것이다. 하여 나는 더 이상 그 고리를 만들지 않기 위해 늘 경계해야 한다는 것을 나는 안다. 하지만 그 고리란 것은 부지불식간에 생성된다. 내 입에, 내 머리에, 가슴과 손에, 팔과 다리에 가시처럼 돋아난다. 내가 살아있는 한 생장은 멈추지 않는다. 고리를 스스로 제거해내거나, 어떤 누가 던진 낚시 고리에 걸리지 않기 위해 스스로 경계해야 하거나 둘 중 하나다.

하지만 이미 걸렸다면 악연은 피할 수 없다. 끊어내려 해도 끊어지지 않는 끈질긴 악연은 어떻게 해야 끊어낼 수 있는 것일까.

방법 중 하나가 바로 '갚을 차례에 참아버리는 것'이다.

나 하나 참아버림으로써 이어지고 또 이어지는 악연을 끊어버릴 수 있다는 것이다. 하지만 내일을 모르고 오늘을 살아가는 사람들에게 어찌 쉬운 일일까. 살 부비고 가까이 사는 사람일 지라도 제 마음 아픈 것은 알고 남 아픈 것은 모르는 것이 당연한 것인데 어찌 아픈 당사자만 참으라고 할 수 있는 것인가만은 저 말을 되뇌다 보면 세 번 '욱'할 것을 두 번으로, 두 번 욱 할 것을 한 번으로 줄여갈 수도 있겠다 싶다.

또 중요한 것은 악연을 만났을 때 스스로에게 질문을 던져야 한다는 것이다. 이 사람은 왜 내 앞에 나타났는가. 나에게 어떤 것을 알려주기 위해 찾아왔는가 하는 질문을 스스로 던지고, 그 물음에 답할 수 있어야 한다. 만약 그 질문에 답할 수 없을 때 그 악연은 언젠가 되풀이 될 수 있다는 것이다.

이 말은 즉 악연도 나와 같은 에너지, 나와 같은 모습이기 때문에 만나는 것이므로, 그 좋지 못한 것을 알고 고치지 않는다면 또 다른 악연으로 계속하여 만날 것이라는 뜻이다. 때문에 내가 변해야 악연도 끊어낼 수 있는 것이다.

그래, 참는다.
내가 참아야 한다.
당신이 아닌 나를 위해서.

참고 나면 별 일 없었다는 듯 잘 살 수 있는 나를 언젠가는 만나기를 고대하며 뛰는 심장 위에 손을 얹고, 가슴 한 번 다독여본다.

인생 공부가 만만치 않다. 내 스스로 해 내야 할 숙제가 지독히도 고단하다. 그래도 그 숙제를 다 마칠 때쯤이면 내 손에 돋은 가시들이 부스스 떨어지면 좋겠다.

인과순환(因果循環)
선인선과(善因善果)

한 제자가 어떤 사람에게 봉변을 당하고 분을 이기지 못하거늘,
대종사 말씀하시기를

*
*
*

네가 갚을 차례에 참아 버리라.
그리하면 그 업이 쉬어지려니와
네가 지금 갚고 보면 저 사람이 다시 갚을 것이요,
이와 같이 서로 갚기를 쉬지 아니하면
그 상극의 업이 끊일 날이 없으리라.

대종경 인과품 10장

가자,
바람이 차다

나를 향해 가는 길

한결 몸은 가벼워지고

계절을 싣고 불어오는 바람이

나쁘지 않다

공원에 앉아 시시각각 모습을 바꾸는 구름을 한참이나 물끄러미 바라본다. 소위 말하는 '멍 때리기'다. 처음엔 그저 감은 눈 위에 햇빛을 얹고, 그 위로 스쳐가는 바람을 느끼는 것만으로도 마음이 편안해진다.

그럴 때 시 한 수를 떠 올린다. 서산대사의 '해탈의 시'다.

근심 걱정 없는 사람 누군고
출세하기 싫은 사람 누군고
시기 질투 없는 사람 누군고
흉허물 없는 사람 어디 있겠소

가난하다 서러워 말고
장애를 가졌다 기죽지 말고
못 배웠다 주눅들지 마소

세상살이 다 거기서 거기 외다
가진 것 많다 유세 떨지 말고
건강하다 큰소리 치지 말고
명예 얻었다 목에 힘주지 마소
세상에 영원한 것은 없더이다

잠시 잠깐 다니러 온 이 세상

있고 없음을 편가르지 말고

잘나고 못남을 평가하지 말고

얼기설기 어우러져 살다나 가세

다 바람 같은 거라오

뭘 그렇게 고민하오

만남의 기쁨이건 이별의 슬픔이건

다 한순간이라오

사랑이 아무리 깊어도 산들바람이고

오해가 아무리 커도 비바람이라오

외로움이 아무리 지독해도 한밤의 눈보라 일 뿐이오

폭풍이 아무리 세도 지난 뒤 아침에 고요하듯

아무리 지극한 사연도 지난 뒤엔

쓸쓸한 바람만 맴돈다오

다 바람이라오

버릴 것은 버려야지 내 것이 아닌 것을

가지고 있으면 무엇하리오

줄게 있으면 주고 가야지 가지고 있으면 뭐하리오

내 것도 아닌 것을

삶도 내것이라 하지마소

잠시 머물러 가는 것일 뿐

묶어둔다고 그냥 있겠소

흐르는 세월 붙잡는다고 아니 가겠소

그저 부질 없는 욕심일 뿐

삶에 억눌려 허리 한번 못 피고

인생계급장 이마에 붙이고

뭐 그리 잘났다고 남의 것 탐내시오

훤한 대낮이 있으면 까만 밤하늘도 있지 않소

낮과 밤이 바뀐다고 뭐 다른게 있소

살다보면 기쁜 일도 슬픈 일도 있다마는

잠시 대역 연기하는 것일 뿐

슬픈 표정 짓는다 하여 뭐 달라지는게 있소

기쁜 표정 짓는다 하여 모든 게 기쁜 것만은 아니오

내 인생은 내 인생

뭐 별거라고 하오

바람처럼 구름처럼 흐르고 불다보면

기 회

멈추기도 하지 않소

그렇게 사는 것이라오

삶이란 한조각 구름이 일어남이요

죽음이란 한조각 구름이 스러짐이라오

구름은 본시 실체가 없는 것

죽고살고 오고감이 모두 그와 같으오.

서산대사(1520~1604, 휴정)의 해탈시

일흔이 넘는 나이에 승군을 이끌고 왜군을 물리쳤고, '팔도
선교도총섭'이라는 벼슬도 받았지만 그것도 마다하고 묘향산
에 들어가 나라의 평안을 기원하며 수도 생활을 했다는 서산
대사는 무엇을 깨달아 이 시를 썼던가.

그때나 지금이나 사람 사는 일은 환경만 다를 뿐 근심이
없지 않고, 출세하기 위해 애를 쓰는 일도 다르지 않으며, 사
랑이나 외로움에도 사연은 하나같이 깊었으리라.

다 바람 같은 세상살이일 것인데 어쩌자고 나는 변모하는
구름의 명암 앞에 이리도 예민해지는 것일까. 아직 마음공부
의 길은 까마득히 먼가 보다.

여전히 내 안에 주착하는 마음은 사라지지 않고, 억울함과 울분의 숲은 무성하며, 간혹 우울의 그림자도 드리워지지만 다행히 깊은 밤은 무사히 지났나보다. 여전히 나는 살아있고, 이 모든 것들을 마주하며 하나씩 내 발목을 옭아맨 실체들을 들여다보고 있으니 말이다.

이제 내 머리 위의 햇살이 조금씩 긴 그림자를 만들 즈음 이면 나는 하나씩 내 몸과 마음에 붙어 있는 욕심과 계급장을 떼어내고 자유로워질 것이다. 마치 주문이라도 걸 듯 간절히 그리되길 원한다. 그것이 곧 내가 사는 길이고, 나를 구원하는 길임을 잘 알고 있기 때문이다.

원망도, 슬픔도 훌훌 다 털어버리고 나를 고통 속에서 숨 쉬게 할 악연을 끊길 원한다면 좋았던 때마저도 다 잊어야 한 다고 했으니 부디 내 마음 가는 곳이 과거가 아니면 족하다.

지금부터 시작이다. 가자. 바람이 차다.
벗어 놓은 외투를 챙기며 다시 힘을 내어 걷다 보면 오늘의 나를 엄습하는 고통에서도 벗어날 날이 오지 않겠는가.
'괜찮다. 괜찮다. 다 괜찮아질 것이다.' 주문처럼 외치며 재촉하는 발걸음에 속도가 붙는다.

어제까지는 내가 향해 갔던 곳이 집이었다면 오늘 내가 가는 곳은 그 곳에 바로 내가 있음을 안다. 나를 향해 가는 길, 한결 몸은 가벼워지고, 계절을 싣고 불어오는 바람이 나쁘지 않다.

좋은 계절이
오는구나

정산 종사 말씀하시기를

그대들은 허공이 되라. 허공은 비었으므로 일체 만물을 소유하나니,
우리도 대인이 되려면 그 마음이 허공같이 되어야 하느니라.
자신을 다스리되 빈 마음으로써 하고,
가정을 다스리되 빈 마음으로써 하고,
나라를 다스리되 빈 마음으로써 하며,
모든 동지와 모든 동포를 대할 때도 빈 마음으로써 화하여,
매사에 상이 없고 원근이 없으며
증애가 끊어지면 불보 살이니라.

정산종사법어 원리편 23장